闲坐观花落

——皖南植物手记

XIANZUO GUAN HUALUO

项丽敏 著

名家植物手记系列

长江出版传媒 湖北科学技术出版社

图书在版编目（CIP）数据

闲坐观花落：皖南植物手记 / 项丽敏著 . — 武汉：湖北科学技术出版社，2019.5
（名家植物手记系列）
ISBN 978-7-5706-0581-1

Ⅰ . ①闲…　Ⅱ . ①项…　Ⅲ . ①散文集 - 中国 - 当代
Ⅳ . ① I267

中国版本图书馆 CIP 数据核字（2019）第 018891 号

责任编辑：胡　婷
封面设计：胡　博　陈　帆
插　　图：周一凡
督　　印：朱　萍
责任校对：傅　玲

出版发行：湖北科学技术出版社
地　　址：武汉市雄楚大街 268 号（湖北出版文化城 B 座 13~14 层）
邮　　编：430070
电　　话：027-87679468
网　　址：www.hbstp.com.cn
印　　刷：武汉市金港彩印有限公司
邮　　编：430023
开　　本：710×1000　1/16　16.5 印张
版　　次：2019 年 5 月第 1 版
印　　次：2019 年 5 月第 1 次印刷
字　　数：230 千字
定　　价：55.00 元

序

野草的名字

皖南五月最常见的野草花里，除了蒲儿根就是一年蓬了。

蒲儿根和一年蓬的习性相近，常生长在山坡、溪畔、灌木林，以及田埂边。村子里也随处可见它们的身影，簇拥在房前屋后，沿着乡村小路散漫成行，开成一道花篱笆。

蒲儿根的花开得早些，从四月开至五月。小满过后，黄色小花变成了白色茸毛样的种子，风一吹就散，仿佛消失，其实是去了更远的地方。

一年蓬则在小满过后开得最盛，似故意把开花的档期与蒲儿根错开，这样，就不会有抢夺地盘的事发生了，彼此谦让着，不争锋，不相扰，各自安然地把花开好。

一年蓬的花瓣为白色细羽状，和旋覆花近似，因此也叫白旋覆花。在乡间没有人会叫它白旋覆花，也不叫它一年蓬或别的什么名字。在乡间，很多人的名字一生都被冷落，没有人提起，在生前就被遗忘，何况这些野草的名字。

乡间人不在乎野草的名字，但在乎野草的特性，哪些是有毒的，哪些能当菜吃，哪些可以做草药晒干了治病，哪些能挖来喂家畜，了解得一清二楚。这些关于植物的知识，乡间人从小（能记事的时候）就在学了，也不用人特意教，跟在比他们年长的人后面，在野外跑来跑去，把村子周边的山谷野地跑遍，也就学得差不多了。

我也是记事的时候就在学，和乡间小伙伴一起，用植物的叶子、花、根、茎或种子玩游戏，在大孩子的带领下，品尝它们各个部分的味道，好奇心得到满足的同时，又“安慰”了寡淡的味蕾。

八岁前，我就能分出有毒和没毒的植物了。有毒的植物，尤其是某些野果，长得再诱人也不能碰，吃了会“烂肚肠”。而那些没有毒的植物也是有区别的，有些是野菜，可以炒来当菜吃；另一些是猪草，烀熟了喂给猪吃。

我们把采野菜叫作“讨野菜”，把采猪草叫作“打猪草”，从用词的不同上，就可看出采挖时姿态与力度的区别。

对于人吃的野菜，采挖时是要有选择的，应选嫩的、肥壮的，每次也只采一两样，且不能混杂在一起。而对于猪吃的草就不必计较那么多了，只要猪嚼得动，皆可一鼓作气地收进竹箩里。一箩猪草打回家，里面至少有十几种植物，各种气味混杂在一起，生鲜的时候还好，烀熟之后，味道就变得古怪了，令人皱眉。好在猪也不在乎，吭哧吭哧，照样吃得香。

人常吃的野菜就那么几种，对于它们的名字，乡间人是知道的，也能叫得出，比如荠菜、马兰头、苦叶菜、野水芹、野蒜、艾蒿……但它们长大开花老了之后，人们就不愿再记住它们，也不以它们的名字来称呼，统称为“杂草”。

当一种植物失去自己的名字，沦为“杂草”时，常被认为是多余的、有害的、需要被挖去或拔除的。

很多年前，我也称它们为“杂草”，跟在父母后面，用锄头清除它们，用手拔它们，毫不留情。近十年来，尤其是写自然笔记之后，就不再这样称呼它们了，它们都有自己的名字，和我们人类一样。而名字就代表一种存在，与他物的区别，被尊重的权利。

写作自然笔记之后，植物的名字成了我在这世上最乐意记住的事物之一，此外乐意记住的，就是与它们相处的时光。是的，我要记住更多野花、野草的名字，每天走到它们中间，像亲人一样轻轻呼喊它们，呼吸它们的味道，从它们那里获得生命的启示和简单生活的快乐。

目录

辑一 闲坐观花落 / 1

辑三 春天的十一个瞬间 / 111

辑四 有灵性的事物 / 137

辑五 木舍手记 / 169

辑
一

闲坐观花落

XIANZUO GUAN HUALUO

荻花秋瑟瑟

仲秋后的一天，我在微信里写了一行字：即便行走在荒寂秋野，也要有凉风里看荻花的悠闲心情。

写这行字的时候，我正走在一条伸向湖边的小道上，小道两边铺满碎石子和细草，不远处，一片荻花逆光而立，令人出神。

荻花就是《诗经》里的蒹葭，“蒹葭苍苍，白露为霜”，说的就是它。只是“蒹葭”这个词过于古老，也过于书面化，不适合日常使用。日常生活中，人们大多习惯叫它荻花、芭茅、蒲苇花或芒草。

众多的名号里，喜欢的还是荻花。

荻花常见于旷野、溪畔与河边，生性喜水，也喜荒僻，越是无人的地方越是恣意。若是依照植物学的严谨，细究起来，荻花、芭茅、蒲苇花，这些虽同为禾本科，又并非同一事物，相互之间还是有区别的。

荻花开在白露时节，花穗下垂，呈烟花状四面分散，初开时为绛紫色，霜降后花穗转白。荻花的白是花白，像暮霭降下之前微茫的天色，有些苍凉，又有种说不出来的温暖亲切，犹如家中长者两鬓的白发，让人想伸出手去抚摸，想把脸轻轻贴上去。

芭茅扬穗的时间就早多了，在五月末，春夏交接之际。芭茅初开时也是绛紫色，慢慢地颜色褪淡，转为浅棕，再转淡黄。若没有人收割，芭茅会一直伫立在那里，打着一面小小的黄旗，直到与秋天的荻花会合。此时芭茅的花絮早已飞尽，茎秆金黄、细长，在风里摇摆起伏，柔软而谦卑，又有所坚持。

蒲苇花和荻花几乎同时扬穗，它们是约好了在秋天会面的“密友”。蒲苇花的色泽银亮，初开时花穗向上，银矛般，插在路边和山间，隐隐透着兵戈气，使秋之山野更为肃杀。河滩上的蒲苇花则要抒情得多。黄昏时分，夕阳从山巅投过来，似一束眷恋的目光，拥抱着蒲苇花，也拥抱着蒲苇花在水里微漾的倒影。蒲苇花此时看起来更像是银色火焰，喧哗又寂静，也像牧神献给仙女的情歌，缭绕在百鸟归林的旷野。

芒草也叫五节芒，花穗棕黄，和荻花开在一处，难以分辨，然而知情者还是能将它们区分开来。它们最明显的区别在于茎秆，荻花的茎秆是中空的，截短了可做吸管用；芒草的茎秆则是实心的，柔韧结实，编草席最好。

“草花之中，不列入芒草怎么行？使得秋野遍饶情味者，莫非就是这些芒草吗？其穗端泛红，色甚浓郁，当朝露濡湿之际，试问还有比这更可赏的吗？”

写芒草的文字中，最爱《枕草子》里的这一节，三言两语，便将芒草的“情态”勾勒出来。但我又总觉得，清少纳言写的芒草就是我眼前所见的荻花。可见我对荻花这个称呼的偏爱了。

和芒草比起来，荻花的名字确实更富情味，是暖色调的，而芒草呢，听上去有“如芒在背”的不安感，色冷，甚至有些凄凉。

在秋风瑟瑟的山野漫行，眼前除了飘落的黄叶，已无甚可看的了，使人不免生出岁月荒芜、人生寂寞清冷的感慨。然而只要有一片荻花开在那里，就会让目光陡然亮起，心头生出温热，就像一个游子，在无所着陆的荒寂中，突然看到了久违的亲人，看到心之所系、遥远又亲密的故园。

细雨菊花天

快立冬了，又是下雨天，蝉还在叫着，细细的，游丝般浮在空中。有一刹那我以为那声音来自耳蜗内，是自己的耳鸣。若是耳鸣的话，这声音又太响了。

那确实是蝉发出来的声音，站定了听，声音就变得分明了，甚至能分辨出这蝉声来自哪棵树——是靠近桥边的那棵老柳树。

柳树的叶子落了大半，未落的叶子也已枯憔、蜷曲，做好了下落的准备。古诗里有“衰柳寒蝉一片愁”的句子，我在树下听了好一阵寒蝉，也没听出愁意来，是我的心已变得迟钝，或是硬朗了吗？

梧桐树的叶子也在落，落到地面积了厚厚一层，踩在脚下，声音清脆响亮，哔哔哔，很过瘾。下雨天梧桐树叶就哑了，踩不响，一枚枚紧贴在地，像宽而薄的手掌摁在地面上。

香樟和银杏的叶子也在落，这两种树叶落在地上仍不见枯意，还是那么有生气，黄是黄，红是红，雨水浸着，更显妍泽。

算起来已下了整整四天的雨，说整整，是因为那雨自落下后就没间断，雨也不大，却下得很有耐心，似一个人在身边不停地诉说着什么。

柳树下有一片野菊，打了很多花苞，密集地举在那里，如稚气的小拳头。有些小拳头已微微张开，露出乳黄的花瓣和蕊，有蜜蜂冒着雨飞过来，这朵闻闻，那朵探探。

下雨天也不歇着，蜜蜂真是太勤劳了。也可能蜜蜂的到来并不为采蜜，是为赶赴和等候这些野菊开放的仪式，来致个意，问个好。

这几天家养的菊花也在打花苞。我居住的小区里，有一户人家很喜欢种花，也善于种花，门前小小的一片空地，不足20平方米，主人将之经营成一座小花园，四季轮番开着花，没有冷清下来的时候。今早从她家门前走过，看见各色的菊花苞儿，密密层层，在细雨里很有精神地站着，一副整装待发的样子。

和家养的菊花比起来，野菊就小多了，细而碎。但我却更喜欢野菊，喜欢那平民化的浪漫，没有拘束的自由。

野菊里有一种叫千里光的，开得早，刚入秋就开花。这种野菊的生命力极强，像阳光分娩的一群孩子，落地就漫山遍野地奔跑。千里光的名字大概由此得来吧。

千里光虽开得早，又多，村里人却不采摘它，村里的人采摘的是霜降之后的野菊，也就是柳树下的这种。这种野菊也叫野甘菊，晒干后可入药，清热降火，也有人家拿晒干的野甘菊做枕芯，有头痛或失眠多梦症的人，枕着这样的枕芯，就能安然入睡了。

我有多梦症，很多年了，从十多岁开始就这样，头一挨枕头就开始做梦，一个梦套一个梦，有情节，有内容，如杂花生树。每次从梦里醒来就像经历了一次长长的人生，梦境也都记得清晰分明。

我倒不以为多梦有什么不好，只是觉得睡不够，醒来后仍有飘浮感，经常会把梦境和现实搞混。我妈知道后，便上山采来野甘菊，晒干，为我缝制了一个枕头。枕着睡了一段日子，就把枕头收了起来。野甘菊的味道太浓了，且具侵略性，熏得我根本睡不着——估计是我妈在枕芯里把野甘菊放得太多。

野甘菊枕头收起来后，不小心吸了潮，发霉，只好背着我妈悄悄扔掉。多梦就多梦吧，对于一个生活简单的人来说，每晚有梦可做，也算是对平淡日常的弥补。

晚秋之花

说到晚秋之花，自然就想到菊，其实除了菊，晚秋随处可见的还有茶树花和蓼草花。

皖南是茶乡，每座山上都有茶园，茶园里的茶树皆是修剪过的，已没有“树”该有的高度了，枝条倒密实，挤挤簇簇。

枝条多，叶和花就多。春天，清明前后，把茶树新生的叶芽采下来，炒制烘干就是春茶。春茶采完了，茶农歇上个把月，过了立夏再采一遍嫩叶，制成夏茶。

夏茶看起来和春茶没有区别，味道却逊色很多。物候是很奇妙的，同一棵树上的茶叶，因为春夏之分，品质就大相径庭了。

不知道为什么茶树把花期安排得这么迟，直到晚秋，才把玉白的花儿次第开出。这中间的小半年里，它在干什么呢？是在思念叶子，还是在为开花做准备？一棵茶树，至少要开几百朵花，几百朵花的花粉和香气也确实需要一些时间来积蓄。

此时已是“秋色老梧桐”的光景，去山中，看到最多的就是茶树花了，鼻间缭绕的也是茶树花的香气。茶树花的香气是粉香，甜而芬芳，天气晴朗的正午，甜味经太阳发酵，更醇厚了，散布在空气里，简直能把人灌醉。

那醉人的甜味就是花蜜的味道，小小的一滴，储存在金黄的花蕊和浅绿的花蒂里。小时候我吸过不少——实在禁不住甜味的诱惑，采下花朵，捏拢五枚花瓣，将花蒂含在唇间，轻轻一吮，花蜜就到了嘴里，舌尖上打个滚，滑入喉中。

在吮吸花蜜这件事上，我算得上是天才，也没有人教，凭着直觉就知道哪种花有蜜可吸。除了茶树花，我吸过花蜜的花还有地黄、美人蕉、桐花、夏至草。

比我更迷恋茶树花蜜的是蜜蜂。蜜蜂不同于别的昆虫，别的昆虫到晚秋就迟钝了，像村里靠在墙根晒太阳的老人，打着瞌睡，懒得动弹。蜜蜂还是以往那般的精神，逢着开得正好的茶树花，一个猛子扎进去，陷入花蕊，半天不起身，一副不要命的饕餮样。也难怪，人家是职业采蜜者，生来就是干这个的，又遇上这么殷勤地摆开花朵盛宴的茶树，贪婪一点，也不为过。

采蓼草花蜜的时候，蜜蜂就斯文多了，在花朵上跳着芭蕾，轻盈起落，浅尝辄止。

常见的蓼草花有两种，长在旱地的是辣蓼，长在湿地的是水蓼。辣蓼有长长的花穗，水蓼贴地而生。

辣蓼我自小就认得，老相识了，不用看，闻着味道也能分辨。水蓼则是某年退水之后在裸露的湖滩上看见的。站在大片铺展的紫色花毯面前，一时错以为这是紫云英，想想不对，紫云英的花季在春天——若不是特别原因，植物不会在一年里开两季花。抱着求知欲，上网翻了很多植物图片，对照之后，证实它叫水蓼。

在湖边，看水蓼最好的时候是薄霜的清晨，落日时分也好。

薄霜的清晨，湖面乳雾袅袅，将开满水蓼花的湖滩映衬得犹如仙境。太阳刚在山巅探出额头，水蓼花就闪亮起来，薄霜很快融化，融成无数露珠，细密、璀璨，覆满低处的每一朵花。

落日时分就是另一番景象了。晚秋的落日原本就是一道风景，迷人，又略带忧伤，有着教堂一般的恢宏与静穆，这时若置身于水蓼花绵延的湖滩，看着天边浑圆的落日，湖面流金的波光，会有今夕何夕的恍惚感。时光如诗，眼前的一切都令人痴迷，深爱难返。

栗树好看

栗子好吃，没有人不知道。栗树好看，知道的人恐怕就不多了。

栗树也不是什么时候都好看。它好看的时候是在晚秋初冬，霜冷过后的日子，最好是阳光透亮的午后，到村里去看。

是的，看栗树得去村里，或村子边缘的庄稼地里，也就是说得在有人烟的地方看，和看别的秋树不大相同。

看别的秋树，比如水杉和枫香，得去一条僻静的小道，或者少有人迹的山谷。只有山谷里，才能看到成片的水杉林和枫香树林，在无边落木中，感受颇有声势的深秋之美。面对单独的秋树，就难以体会如此的意境了。

看银杏也是这样，得在成片的银杏树林里看，方能领略那“纷纷落叶如雨”的盛况，还有杨树，也是如此。可惜的是皖南没有杨树——也许有，不多见。银杏树倒是常见，村东一棵，村西一棵，叶子黄透的时候，各自三三两两地落着，也有美感，终究还是少了气势，犹如一个吝啬的人，谨慎地施舍着手里的金币。

整片林子全是银杏和杨树的地方我也看到过。去年的落叶季，在北京的奥林匹克公园，就感受过它们倾覆天地的大美，太震撼了，那么多金色叶子——真怀疑整个世界的金色叶子全汇集到这里，刷刷地落着，接近地面，又被横冲过来的风揽抱入怀，抛上天空，狂舞不止。

相比之下，杨树林要静谧多了，阳光穿过叶隙，把树干的影子笔直地投在落叶上，地面便有了一片影子森林，忽明忽暗，寂静又幽秘。尚未枯萎的叶子在树影里铺开，偶尔翻动几下，试图以这种方式，重新找回自己的枝头。

在杨树林里站定了，还是能听到一种声响，来自树林上空，深重、浑厚，如树梢与天空的交谈，又如宇宙之音的滚动。

原是想说栗树的，说着说着，忍不住就说到银杏和杨树这里，看来，去年深秋它们所落的叶子，还在我心里飞扬着。

“栗树如同野人”，在村子的庄稼地里看见栗树，想到德富芦花的这句话。

这句话是写在他的散文集里的，散文集的名字叫《自然与人生》。这本散文集我看了十多年，还在看。散文集里德富芦花几番写到栗树——他家有栗树，亲人般生活在一个院落里。

德富芦花倒不觉得栗树是美树，但他钟爱它，虽不能说栗树是他的精神化身，至少是他的精神密友之一，有着“带刺球果”和“厚厚盔甲”，沉默而有“甜美之心”。

“栗树如同野人”，这句话听上去并不像是赞美，却很形象，即便是在透亮的日头下站着，被光燃成一株火树，栗树还是野性未驯的样子，执拗、粗莽，有股子流浪气息。

好在有村庄的烟火气缭绕着它，容纳它的执拗与各色。走到栗树的身边，在树下站定，细看，就知道流浪气息的来由了。它来于栗树粗糙无光的枝干，以及枝头那些黄褐相间、枯硬又布满虫眼的叶子。

为什么会有那么多虫眼？形态各异，像一个老人遍布于脸的疮痍。

虫眼使叶子破碎，却没有使叶子变得丑陋，倒让它有了别样的美质，让人微微疼痛，又说不出什么。这就是残缺美吧，或者是日本所说的“侘寂之美”，是经过时光侵蚀、咬噬、上锈、剥离之后，呈现出来的美。

由于这些布满虫眼的叶子，在我的私人植物志里，“如同野人”的栗树，理所当然就是好看的树了。

岁末花

到了岁末，植物就进入休眠期了，野外很难再看到花朵，万物默哑，以静止的状态等待春的降临。

也不尽然，比如村口的枇杷树，在岁末依旧“醒”在那里，开着花。

枇杷树是不落叶的，当身边其他的果树落尽叶子，光秃秃地站着，枇杷树的叶子还在枝丫上纷披，色泽苍青、厚实、油润，枝头托着一簇塔状的雪球。

这雪球就是长大了的枇杷花苞，还没有开，不过显然，离开花的日子不远了。

枇杷树的花在秋天就打苞了，细小的苞粒，裹着浅咖色的茸毛外衣，藏在叶子中间，难以看见。即便看见了，也不会以为这些毛茸茸的小东西会绽成花朵——它们更像虫子略显丑陋的幼年时期。

这幼虫样的花苞在叶子的隐蔽下，悄无声息地度过了深秋，又度过了初冬。这么长的时间里，花苞看起来并没长大多少，如同生长缓慢的孩子，寂寞的童年时光无端被拉长。

第一场雪后，走到村子里去，突然闻到一股隐约的香气。这香气不是来自食物——食物的香气是厚的、暖的、向下沉坠的，抵达的地方是人的胃部。而这香气是轻的、空灵的，细若游丝，抵达的是人的大脑。显然，这是植物散发的“荷尔蒙”，是花香。

会是什么花的香气呢？目光向四面搜寻，一片冬的萧瑟景象，没有看到花，就连方才闻到的香气也不见了。有点像听到一个人叫你的名字，你应了一声，转身去找，却不见人的身影，不免茫然。

或许来自我的幻觉吧，这倏忽而逝的香气。

过了冬至，再去村子里，打眼就看到枇杷树的花塔。

枇杷树的花确实可以称之为花塔，小花朵稠密地挤在一起，抱团取暖似的，花色如柳梢之月，在枇杷树叶的映衬下有种皎洁的意境，又极朴素。想到不久前在这里闻到的香气，豁然明白——那香气并非幻觉，它就来自枇杷树的花。

枇杷树的花香是含蓄的、静默的，要在阳光下，刚好又有一阵风从枇杷树那里奔跑过来，擦身而过，才能闻到。或者把脸贴到花塔上去，让嗅觉变成一只敏锐的蝴蝶，抱着花瓣，安静又贪婪地吮吸着花香。

枇杷树的花期很长，从岁末开到岁初，横穿整个冬天。立春后，花朵不见了，枝头矗立的已是青色幼果。

除了枇杷树，在岁末开花的还有蜡梅。

蜡梅堪称枇杷的密友，约好了似的，同在岁寒之时把花朵开出来。虽是约好了，也会有个先来后到，蜡梅的花期就比枇杷略晚几日。

蜡梅开的是裸花。所谓裸花，就是枝头只有花，没有叶子。蜡梅树的叶子要在花儿谢了以后才长出来，彼时已是阳春天气了。

也许是没有叶子与之分羹的缘故，蜡梅花的香气比枇杷花浓郁得多。蜡梅花的香气是分明的、清晰的，掷地有声，绵绵不绝。香气虽如此强烈，闻起来却不迫人，依旧清幽，是寒香。

枇杷花的香气也是寒香。还有随后开花的幽兰，也是寒香之花。

寒香如同君子之交，再怎么浓烈也是有节制的、清醒的，不纠缠，不甜腻，慰藉岁末的荒芜感，宁静而悠远。

冬天的另一场雪

清少纳言说冬天的芒草花，“好似满头白发，呆呆地一个劲在风中摇曳，只沉湎在往事的样子，像极了人的一生”。

而我以为，芒草花是光阴以枯笔写下的飞白书，是冬天的另一场雪。

这场雪刚落到人间的时候还是秋天，那时它们看起来更像晚霞，或是晚霞的倒影，凫在山坡和湖边。

随同芒草花一起落到人间的还有野甘菊，左突右闪，奔跑于芒草花当中，如粼粼波光跳跃在黄昏时分的湖面。

秋天斑斓，也短暂。当霜风呼啸着一遍遍刮过，把果子和满山红透了的叶子吹送到地上，从枝头摘去野菊花金黄的花瓣，催它苍老、枯萎，芒草花也就白了。

白了的芒草花有着雪的单纯、优雅，也有着雪的苍茫与无辜。

把芒草花比作雪，并无新意，古人早就有“芒花胜雪”的描述——我原以为这是自己的创意，其实还是拾了古人的牙慧。

这是没办法的事，我们的古人实在太优秀，把好句子都写尽了，无论我们怎样比喻、形容，调用修辞和联想，都逃不脱模仿古人的嫌疑。

但我们还是要写，一代代的后人，还是要用属于他们时代的语言，重复书写古老的意象。

芒草花只有到了冬天才有雪的样子。和雪不同的是，它不那么容易被尘世溶解，从大地消失，轻得像梦，也像一个美好的谎言。

芒草花是经得起枯索和寂寞的，整个冬天都覆盖在那里，在山坡和湖边，白皑皑。风吹过来，它就低下头；风过去了，它又直起身，安然无恙地端立，慰藉着群山的寂静与荒芜。

芒草花也经得起寒苦，日复一日的晨霜压在身上，并不能使之摧折，而当夕阳将余晖远远地照过来，芒草花瞬间就有了灿烂的容颜，细小的花絮上，闪烁着温暖又坚韧的光芒。

由于我生活在湖边的缘故，比较常见也颇为喜欢的是水边的芒草花。

水边的芒草花是最赋诗性的，或者也可以说，水边的芒草花就是自然写在季节边缘的诗行，有节制的抒情，朴素、自在、安静。

水边的芒草花不仅赋有诗性，而且也是有画意的，与水中的倒影虚实相映，创造出一个简洁又繁复、对称又空灵的世界。

芒草花只在湖面波平如镜时才见倒影。起风的时候，芒草花的倒影就被揉皱了，皱巴巴，洇成一片，如明月在水面流漾。

月下的芒草花是怎样的？没见过，只见过一幅名叫《月灵》的油画。

二十多年前，这幅油画就挂在我的床头，与我日日相见。

油画的底色是群青，一位年轻的女子置身芒草花当中，手里捏着长长的竹箫，出神地吹。芒草花的颜色是接近透明的莹白，斜斜地倾向一边，女子裹着披肩，长发飘飞若舞，又似夜鸟展开的翅膀。

这幅油画里并没有月，却能感觉到月光的无处不在。大片的芒草花——辽阔、苍凉。沉默又温柔的芒草花，就是浸润着女子的月华。

婆婆纳的蓝

外出了两天，再回来，油菜花已开得很盛了。

油菜花开得盛时就是春天最好的时候。当我写下这句，迟疑了一下，觉得不够准确。油菜花开过之后，万木新绿吐绽，仍是春天最好的时候。

春天最好的时候，是从油菜花盛开时开始的。也可以说，春天是从大面积的油菜花里浮出水面的。

后一句有点矫情，不过写作这事，原本就是带着些夸张和矫情的，还是宽容一点吧。

在这篇文字里，我想写的并不是油菜花，我想写的是比油菜花开得更低的花朵——匍地而开的草花。

草花虽不起眼，却是最早向世人播报春消息的记者。当它们用细小的声音说出“喂，喂，是春天啦，春天来啦”这样的话之后，其他的花朵，比如山樱花和油菜花，才用更为嘹亮的声音，向世人宣告春天的莅临。

草花也有开得早和开得晚的。婆婆纳就是开得早的草花，也是开得最为随和、谦逊的草花。再也找不出比它更随和的花朵了，把自己像毯子一样铺在路边，在田埂地头、在门前屋后的每个角落，用星星点点的小蓝花慰藉着早春的荒寒。

作为一个摄影爱好者，拍摄婆婆纳用站立的姿势显然是不行的，必须四肢着地，跪伏在那里，这是一种向低处的事物——向土地致敬的姿势。要想贴近这花朵，人同样要变得谦逊起来才行。

婆婆纳有细长的花茎。当蜜蜂哼着小调，落到一朵小蓝花上，花茎就自动地弯下腰，抱着花朵的蜜蜂一阵颤动，跟着向后仰去，那场面看起来很有意思，像花朵对蜜蜂深深的鞠躬，又像蜜蜂搂着花朵在舞蹈。

婆婆纳和小蜜蜂跳的是什么舞呢？从摆荡动作的幅度来看，应是西班牙探戈舞吧。

婆婆纳的家族是兴旺的，也可能是过于兴旺了，婆婆纳的小蓝花朵只开一天，到了第二天，它就得把位置让出来，给新的小蓝花朵。一天的时间是来不及疲倦和苍老的，因此人们看见的婆婆纳总有一副清新的面孔，不染尘埃。

对于人来说，一天何其短暂，不足为道，而对于婆婆纳这种花，一天就是珍贵的一生。

在不同的事物那里，时间的刻度和意义也是不同的。相对那些在地球上留存得更久的事物，比如河流，人自以为漫长、曲折、充满悲欢离合的一生，同样也不足为道吧。

紧随婆婆纳其后开花的是紫花地丁，然后是小毛茛、繁缕，再然后是续断草、碎米荠、韩信草、紫堇、白花苜蓿……由此看来，草花开花的顺序是以它们生长的高度排列的：由低向高，渐次而开。

当油菜花的金黄如潮水一样上涨，漫上春的堤岸时，低处草花们的颜色也变得丰富起来，深深浅浅的黄色、白色、紫色、粉色……而这一切颜色的背景仍是蓝——婆婆纳的蓝——混沌初开时的蓝，洁净、纯粹，像毯子一样铺开在那里，成为整个春天的底色。

樱花时节

山樱开花的时间是无法预知的。头天坐车经过那条山路，山野还是清寂荒芜的样子，第二天经过那里，就看见错落有致的浅粉花树，像雨后的云霞覆在山间，轻盈、洁净、不染杂色。山樱不同于别的花，是一点点开出来的。它的开放是瞬间的事，仿佛空中有个魔术师，对着这山，“噗”，吹了一口气，花就开了，快得人完全看不清过程，也看不出其中的奥妙和破绽。

山樱花一开，春天的到来就是确凿无疑的事了。

我是有樱花情结的，每年山樱花开时，就觉得有一道光照进了生命，脚步也变得轻盈起来，在电脑上与好友喋喋不休，给好友看我拍下的一帧帧花影，忍不住要与人分享一种特别的幸福。早晚坐在上下班的大巴车上，也是心无旁骛，专注于沿途山野接踵而来的山樱花树，目光如同一个暗恋者，执着、热烈又安静。

对山樱花如此的情感，跟我童年生活的记忆有关。

一个人在童年就喜欢的食物，一辈子吃不厌；在童年就着迷的花朵，一辈子也是看不厌的。每一次重逢，都会在心里激起欢喜和安慰，甚至会有这样的感觉——之所以活在这世上，就是为了每年在这个时节看见这花。

记得在读小学的时候，有一次放学途中，看见路边有棵开满了花朵的树，在夕阳投过来的一束远光里，燃放着异样的光焰。我不知道那花树的名字，只觉得它美极了，又那么香，香得人挪不动脚步。那花树长在山坡上，山坡并不高，只要爬上去就能够得着花枝。我放下书包，抓着山坡上尚未返青的芦草根，笨拙地爬了几次，每次又都滑下来。就在我有些气馁的时候，一个比我高出很多的少年走过来，说，我来给你采。

那少年三步两步蹿上山坡，身体靠着树干，毫不费力地采下几枝，灵活地蹦下来，将花枝递到我手里。

接过花枝，我羞涩得几乎不敢抬头，也不敢说谢谢。

少年长得什么样？没有看清，后来也没有再遇见过他，只记得他有一双很明亮的眼睛——与这双眼睛对视之后，就再也不能忘记。

但我并不曾与少年有过对视，那双眼睛或许是我臆想出来的。

知道那花树叫山樱是几年以后的事。当我从父亲那里知道这花树的名字后，才发现，在我生活的地方，每一座山上都生长着同样的花树，仿佛是同一棵山樱无数的孪生姐妹。

近几年来，我对山樱的审美有了改变，觉得山樱最美的时候并不是它的盛开之时，而是落的时候。木心有本书叫《我纷纷的情欲》，读这书名，联想到的就是山樱花落的情景，很美——纯洁中带着悲伤的情欲之美。

两年前的春天，我曾在一个地方深深感受过这样的美，随后留下一首《风之樱》，以作纪念。

她们在风里飞着
我说不出来她们的美
她们飞在我眼前
飞在头顶
一小片瓦蓝的天空

她们飞得轻柔又迅急

用力，将自己掷起
瞬间消失……
我不知道她们的去处
（这短暂的飞翔
是一个秘密）

我也说不出她们的美
像一个谎言，一场幻觉
乘着时光之车
我从很远的地方来到这里
似乎就为
看这一场落花情景

春阴垂野

清明前后的一周，接连有雨。

雨在檐前垂流，时疾时缓。雨停歇的片刻，抬头看向屋外，枫杨和梧桐的新绿又浓密了一层，远近群山在烟云中飘浮，如盛开的碧莲，在风的吹拂里端然不动，变幻万千。几缕灰色云絮悬在低空，几乎触到树梢，一伸手就能拽下来。

每逢此景，便会想起德富芦花在《自然与人生》里写的一句话，“午前春阴，午后春雨，和暖，闲适，且宁静”。暗暖色调的画面，随意自在的时光，寂寞与宁静之美莫过如此。

下雨的时候我就在屋里看书、写作，膝上盖着薄毯，身边是一杯冒着热气的茶水，茶里放几枚红枣。这两天倒春寒，温度又下降不少，有天午后还下起了雪子。雪子扑打在新生出来的叶子上，沙沙沙沙，酷似无数春蚕啃食桑叶的声音。

想起不久前听到的蝉鸣，在这样的天气里，那些过早钻出地面活动的小东西，不知是否安好。好在雪子只下了一小会，沙沙的声响止息之后，雨也止息了，天空比之前清亮了很多。

不下雨时，我就拿起相机，出门，随便找一条田野小路走进去。

春天的生长和变化是以分、秒来计算的，当我在屋子里读读写写的时候，野外的紫藤花开了，落了；泡桐花开了，落了；梅枝和樱桃枝上已挂出青色的幼果；油菜地里一片碧青，籽荚结满，禾子蹿得比人还高。

开了多日的豌豆花也落了不少，豆荚已然长出，弯弯的，像一把薄而小巧的绿刃。摘一枚放到嘴里，细嚼，有微妙的甜，更多的是青涩。等它们再长大一点，味道就要好得多，小时候我吃过生豌豆荚，记忆里的滋味是甘美的。

豌豆的藤蔓上有很多蜗牛，这是我蹲下来时发现的，起先是发现一只，伸着两只触角，茶褐色的身体柔软地扭转，姿态很是婀娜。当我端起相机拍摄过后，又看见另一只，然后是更多——几乎每根藤蔓上都有它们，背着小小的螺旋形的壳，果子一样安静。

蜗牛只待在豌豆地里，蚕豆和土豆地里没有。也许蜗牛只喜欢豌豆藤蔓的口味吧。

土豆是春节后插到地里的。现在，它们已做好开花的准备了，有几株甚至开出了淡紫色花朵。土豆的花没香气，是好看的，像素颜女子，姿容朴实，清淡天然。

很多蔬菜的花都是这样，好看，闻起来却没有气味，比如眼下还没有落尽的萝卜花、豌豆花、蚕豆花。也有例外，芫荽花就是有气味的，浓郁的、近似于臭的“香气”。

芫荽花的气味是我自小就抗拒的——我对一切具有强烈气味的植物，哪怕那气味是香，都是抗拒的。植物的香气就是植物的体味，体味清淡的植物就像那些随和的人，好相处。而体味浓郁的植物就是个性强烈的人，若能适应，便成钟爱，若适应不了，还是敬而远之的好。

田野里有很多水流的声音，也有鸟声，在绿雾簇簇的林子里唧啾，此唱彼和。它们和我一样，下雨的时候就躲在窝里，雨一歇，就赶紧飞出来，四处游逛，满心说不出的喜悦，水滴般清透、明亮。

茶香谷雨

皖南是茶乡，盛产猴魁、毛峰和祁红。到了谷雨，家家户户都得忙碌起来，采茶、制茶、卖茶。

茶山多的人家，清明时就开采了。茶叶这东西，越是采得早，价格就卖得越好。不过清明时的茶叶还很少，并不能多采。茶叶的生长和气温相关，清明前后有倒春寒，温度过山车般忽高忽低，高的时候，茶叶呼啦一下长出好多，转过一天，气温又骤然滑落，茶叶也就不再生长，像被施了催眠术，定在那里——这也是植物自我保护的方式吧。

谷雨时节气温就稳定多了，茶叶的生长也进入旺盛期，如同青春期的少年，个头刷刷地往上蹿，稍不留神就变成青年。

采茶要赶早，天刚亮就得上山，肩膀上背着大茶篓，茶篓里带上中午吃的点心和茶水，雨衣、草帽也要带上。皖南的山高，又陡，从山底爬到山上的茶园，少说也要个把小时。中午通常是不回家的，在山上随便吃些点心，太阳出来就戴草帽，雨落下来就披雨衣，直到茶篓满得装不下，才下山来。

清晨的山上露水重，每一株草上都挂了上千颗露珠，从覆满青草的陡峭山路走到茶园，半身已是湿透。到了茶园，太阳刚好出山，从山顶往下看，云蒸雾绕，村庄河流都不见了，仿佛自己已远离人间，在另一个仙界。

谷雨时的茶叶叫谷雨尖，因外形像兰，也叫兰花尖，三枚叶子，亲密地抱在一起，叶子均卷着边儿，叶脉清晰，边缘有细细的茸毛。吸饱露水和草木精华的茶叶直立在枝头，绿得通透，很是精神。

采茶叶的活是有些单调的，不断重复的动作，容易使人犯困，打瞌睡。好在山间有众多鸟儿，故意向人炫技似的，长歌短唱，婉转唧啾，在林子里热闹地开起音乐会。

茶叶的香气也能醒神。实在困得不行，就把脑袋埋在茶箩里，使劲呼吸几口。真香啊，刚采下来的鲜茶比陈茶香几百倍——那香气和它的颜色一样，也是绿色的，几口茶香吸进去，觉得自己也变成了一棵茶树，挂着露珠，绿盈盈。

新鲜茶叶的香气是没有什么东西可以比拟的，和它的香气比起来，任何花和食物的香气都要逊色。一个在茶乡长大的孩子，在饱吸过茶叶的香气之后，就不会再为其他的香气所惑。对她来说，茶叶的香气就是童年本身，是故园的气味，灵魂的气味。

当太阳把茶园里的露珠都收走时，就可以打开点心盒，吃点东西，歇息一下。

茶季里吃的点心是早早准备好的，有过年时做的冻米糖、花生芝麻糖，还有卤鸡蛋、咸鸭蛋、粽子、米粿。

米粿有两种口味，咸和甜，它们的区别在馅料的使用上。咸米粿的馅料通常是腌菜腊肉丁。甜米粿的馅料通常是芝麻白糖。

我喜欢吃的米粿是香椿馅的。把香椿头晒晒太阳，去掉水分，切成细丁，撒少许盐，用素油炒熟。这种馅料做成的米粿只有茶季才有得吃，茶季过后，香椿头老了，也就吃不到了。

不论什么食物，带到山上来就变得格外美味，也许是鸟鸣和茶香增加了它们的口感吧。

谷雨过后十天，茶叶差不多已采完，一年的茶忙季节落下帷幕。春天匆匆而来，匆匆而去，还没等人回过神，就踏进夏天的门槛。

闲坐观花落

下了一夜雨，清晨出门，地上薄薄一层碎米粒的花朵，是香樟的落花。

在树下走着，花朵仍不时地往下落，噗、噗，像鱼在水底吐着气泡。其实落花并没有声音，我听见的声音来自心里。

暮春的香樟树叶浓翠欲滴，香气馥郁又沉静，使人出神。并不急着去哪里，干脆在一棵树下停住，坐下来。

树下有一方水泥墩，水泥墩上也有一层落花，还有夜雨留下的水痕，坐上去也没觉得不适。清晨街上少有行人，又是假日，只有三五个晨练的人在慢跑，三五个老年人提着菜篮去市场。清洁工穿着黄色的环卫服，拖着同样颜色的车子，从街的另一边缓缓走过来。

这条街在我所住的小区南面，算是小镇比较老的街道了，两边的树至少有三十年树龄，或者更久。父亲就住在街对面，从父亲的住处到我的住处大约五分钟。每天我会在这条街上走两个来回。

街道两边的树不止是香樟，还有广玉兰、金合欢、桃树、石榴、蜡梅和桂花树。后几种树不多，是以前住在街边的人家种的，人搬走了，树仍留在那里，成了这条街上老一辈的居民。

这条街并不长，从街头走到街尾不过三里路。街上也没有特别的建筑，比较醒目的就是小镇的医院和中学。医院在街心，中学在街头。

我所坐的水泥墩就在医院对面。这里是小区老人经常聚集的地方，冬天在这里晒太阳，夏天在这里乘凉。退休在家的人干完了家务活，就在这里摆开一张小桌，拿只马扎坐着，在树荫下打扑克、下象棋。

也有一位年轻人，只要天不下雨，就会来水泥墩上坐着。年轻人身体有残疾，脑瘫所致，每走一步都需要人搀扶。

搀扶年轻人的是一位老妇，大概是他的奶奶，也可能是他妈妈。她把年轻人的手放在自己手心里，用自己的肩膀支撑着年轻人的半边身子，从小区里走出，每走几步就会停下来，和遇到的老人打一声招呼，说几句话。

年轻人的性情温和，整天笑眯眯，小区里的老人都喜欢他，远远看见他就喊他的名字，很是亲热，仿佛他是他们亲戚家的孩子，永远长不大，也永远不会离开家。

老妇把年轻人搀到水泥墩的位置后，和他一起坐下，看着街上来来往往的行人，闲闲地说着话。没多久老妇就起身回去了，还有许多家务事等着她去做。

年轻人坐在水泥墩上，时间长了，就和身边的树一样，成为那里的标志。

他独自坐着的时间不多，时常有小区的老人在一边陪着他，和他说家长里短，说身体的病痛，说很久很久以前发生的事。如果家里发生矛盾，他们也会说给年轻人听，在他面前抱怨几句，倾诉一下。年轻人张着嘴，笑眯眯地听着，点着头，等他们说累了，再用他那并不利索的话语安慰几句。

年轻人独自坐着的时候，会仰面看头顶的花和树叶，伸手去接那落下来的碎花瓣，放在手心，不时地闻一下。

我在小区住了快十年了，每次走过年轻人身边，都会下意识地看他几眼。年复一年，他的面目还是最初的样子，时间在他身上是凝固的、静止的，仿佛从未给他带来什么，也没有从他身上带走什么。

但是时间仍然是在流逝的，在我们看不见的地方，时间带走了一切它送来的东西。只不过在不停奔走的人那里，时间流逝得要迅疾一些；在静坐的人那里，时间流逝得要缓慢一些。就像此时，当我停下脚步，坐在这个水泥墩上的时候，时间也慢下来，静下来。

香樟的碎花携着它的香气，从树梢上落下，落在我的肩上、膝上，也是静的。

天地空明，万籁俱寂的静。

广玉兰与牵牛

广玉兰的树高大，叶子长年不落，质地偏硬、厚，有一层油光。

广玉兰的花也是大的，大而白，开在树枝上，像白色的鸟蹲在那里，翅膀合着，或松松地摊开。

早年间看到广玉兰总会想起张爱玲，她说这花“像污秽的手帕，又像废纸，大白花一年开到头，邋遢又丧气”。因张爱玲的这个比喻，很多年我都不喜欢广玉兰，觉得这花除了邋遢，还有点傻气，大大咧咧地开着，开很长时间，颜色败透了，再四分五裂地落下来。

有一年夏天，突遇急雨，赶紧在街边广玉兰的树下避着，刚站定，就觉得有股子香气袭来，将自己团团裹住。一刻钟后雨停，看自己身上，竟一滴雨也没淋着，地上却有不少广玉兰的花瓣，也不知是什么时候落的——原来之前闻到的那股香气，就来自此花。

落在地上的广玉兰看起来一点也不邋遢，干干净净犹如莲花瓣儿，又像白色的小舟。

后来再看广玉兰就不是从前的态度了。人在年轻时容易犯这样的错，因为喜欢一个人，连好恶也不假思索地跟从，所以才会有那么多的执迷、傲慢与偏见。

牵牛的名号很多，雅致的有朝颜、田旋花，通俗的有喇叭花、打碗碗花。

我的阳台上就种着牵牛，种了好几年了。我不是一个善于侍弄花草的人，娇弱花是不敢养的，养不活。只有像牵牛、太阳花、酢浆草这些类似野草的植物，才能在我的阳台上稳稳地扎下根。

牵牛原本就是野草族，还没有被人类驯化，根茎里有着不可思议的野性和生命力，越是荒芜之地越是长得兴旺，生机勃勃，哪怕是石头缝里也能落足，从幽暗狭窄的缝隙里挤出身子，历经曲折，牵出藤蔓，在饱含露水的清晨，把圆脸盘样的花一朵朵地端出来。

我住的小区里原本也有很多牵牛属的花，估计是小区的“原住民”——在小区的楼房建起之前，它们的祖辈就生活于此了，红紫蓝白粉，各种颜色都有。清晨出门，我看着它们很有精神地开在那里，噙着露珠，在风里微微颤动，仿佛已精心装扮了一整夜，就等有人一早起来看见，走上前去，欣赏它，赞美它。我像善于绘画花卉的欧姬芙那样，“忍不住伸出手触摸，或者凑上前去，在毫无意识的情况下用嘴唇轻触花瓣”。

两年前小区环境改造，泥巴地面全浇上了沥青和水泥，居民种的庄稼花草皆被清理，路边野生的植物也被拔除了。这样做是为了使小区显得干净，路变得宽敞，好行车，也好泊车。而我对此却感到不满，又无可奈何。改造后的小区失去了自然的野趣、生气，虽整洁却是乏味的，浇筑得白生生的水泥地面，在我眼里显得丑陋甚至野蛮。

牵牛强韧的生命力能使它钻出石缝，却不能使它在水泥地上生长。这两年，小区的路边，很难再看到它们清晨里绽放的喜悦，那滋润人心的姿容。

栀子花，茉莉花

敲下这个标题纯属无意识，或下意识。

敲下这个标题是因为，整个上午，我都处于香气的围困里，这香气像一个喋喋不休的人，从我醒来的那一刻就缠上来，不停地说，“香吧、香吧、香吧……”我走到哪它就跟到哪，念叨得我的头都晕了，几乎失去理智，想把香气一股脑地轰出去。

这香是栀子花的香，不是一朵栀子花，而是十几朵。

这十几朵栀子花是昨天早晨买来的，在集市上，从一个农妇手上买来。

昨天早晨去集市原本没打算买花，只想买点西红柿当水果吃。这时节是本地西红柿正当成熟的时候，好吃又便宜，还很有营养，最重要的是，吃多少也无须担心它会变成脂肪挂在腰上。

很快就买到本地的西红柿，转身，准备离开的时候，看见一个白发农妇，穿着蓝布对襟褂子，手里拿着一束栀子花，向我举起。在她身边还有满满一篮子的栀子花。

“怎么卖？”

“一块钱。”

我痛快地掏出一块钱硬币，递过去。如今很难用一块钱买到什么东西，就连鸡蛋也要一块五一个了。

农妇将手里的花束递给我，花束被一根棉线绑着，白白胖胖的花苞挤在一起，不用数，至少十朵。

太多了，我心里想，其实只要两朵就够了。

回到家，找出三只瓷质杯子，洗净，装水，将栀子花分成三份插进去，客厅放一杯，书房放一杯，卧室放一杯。

收拾停当，还是觉得有点不对头——花买多了？

昨天还好，昨天的栀子花只是花苞，即便那香气已够浓的，但还没浓到造成侵扰的地步，而经过一夜之后，十几朵花苞约好了似的，全绽开了，香气顿时失去控制，泛滥，把房间挤得满满的，把我挤得透不过气。

除非把栀子花从窗子扔出去，才能轰走香气。但我做不到，怎么说那花也是无辜的。

于是把三杯栀子花全放进书房，把房门关起来。这就等于把花香关了禁闭。

果然安静了很多，空气里“香吧、香吧”的嘈杂声没有了，我终于能在电脑前坐下，打开文档，敲下一行字：“栀子花，茉莉花。”

“栀子花，茉莉花”是皖南乡间的俗语，我嫂子常说这句话。当她儿子缠着她，一会这样，一会那样，要求不断翻新的时候，我嫂子就吼：“臭小子滚一边去，栀子花，茉莉花，你烦不烦人！”

俗语是民间的成语，不知道出处，不可解释，反正祖祖辈辈都这么说，就流传下来了。

我嫂子最擅长说俗语，一套一套的，这和她从小的语言环境有关。乡间出生的孩子，在襁褓里就被大人拴在背上，上山下田，走哪背哪，满耳朵都是原汁原味的乡俚俗语，等她会说话了，自然就成了俗语的传承者。

俗语和谚语一样，既简约又生动，也体现了民间的幽默与含蓄，比如这句“栀子花，茉莉花”，最初听嫂子说的时候，老忍不住想笑——这话听起来是在训斥孩子，却丝毫感觉不到语言的暴力，反倒觉得语气里有一种疼爱。笑过之后，又替这两种花抱起屈来——栀子花和茉莉花，素雅又香馥，多么招人喜爱，凭什么用它们来形容那些招人烦的人呢？

直到今天早晨，当我被栀子花集体放出来的香气熏得心神不宁时，突然就明白了，哎呀，还真是这样，可不是这样么，单是一种花的香就搅翻了天，再加上另一种花的香……还不叫人直接晕死过去。

可爱又烦人的东西，就像这“栀子花，茉莉花”，让人喜欢也不是，怨也不是。

不过说到底，还是自己不够节制，若是从农妇手里接过花束时，只拿需要的两朵，就不会为这过于喧嚣的香气困扰了。

蜀葵月

农历五月是蜀葵月。

一到这个月份，蜀葵便掀起燃烧之势，把火焰样的花冠垒满枝头。

蜀葵是节令花，花一开端午节就到了，因此蜀葵另有一个名字——端午锦，我从小便是这么叫它的。端午锦刚打苞就开始盼望，盼望青色花苞鼓胀起来，哗地一下，变成硕大红艳的花盘。

我当然没有亲见过端午锦开花的瞬间，它们把花开在夜里，或夜与昼交替的神秘时刻——很多植物都是这样，或许花朵开放的瞬间是需要精灵相助的（而精灵只在夜晚出没）。

同那些生在乡间的姑娘一样，端午锦虽生得标致，却不娇气，好养活，不需要人侍弄就长得很好，因此许多人家都种着这花。无论居住的房子多么简陋，只要门前有一行端午锦，就有了兴旺的意思，满枝的姹紫嫣红看在眼里，便觉得日子还是美气的。

年少时，端午锦对我的意义不止审美的愉悦，更多的，是对节日和美食的期许。端午锦开出头几朵，就拉了隔壁人家的女孩，一同去山里采箬竹叶子。箬竹喜阴凉，两山交接的深谷和溪边最多，灌木样丛生着，叶片密实、宽厚，用来裹粽子再好不过。

采箬叶时也会顺手采几枝山栀子。山栀子花树的个头较矮，远远的，还没看见花便先闻到香气，使劲吸几口，跟踪香气寻那花的所在，不出十步，果然就看见了。

山栀子是很朴实的花，形状朴实，颜色也朴实，单纯的月白色，开到最盛时转成乳黄，六枚花瓣向后卷起，像一只纸扎的风车。山栀子的模样说不上好看，缘于它颇具禅意的灵谧香气，在群芳谱中也算独树一帜了。

山栀子捧在怀里，装了箬叶的篮子挎在胳膊上，便和邻居家的女孩下山回家，此时已是日暮时分，画眉鸟已叫过第二遍。

画眉鸟在黄昏时会叫上三遍，叫第一遍时日头西斜，第二遍太阳下山，叫到第三遍天就该全黑了。乡间人有一种本事，不用看日历和钟表，凭着对自然事物的感知，就能准确判断季候和时辰。这些自然事物包括天上日头的光焰，地上树木的影子，鸟雀和昆虫的叫声，以及花花草草的长势。

这本事没有人教，只需在乡村生活若干年就能掌握，更何况乡间土生土长的孩子，掌握这些更不在话下。

采回家的山栀子插玻璃杯里，用水养着，放在窗前。

采回家的箬叶就交给大人，由他们去摆弄——洗净了，放锅里煮一下，煮软后捞起来，用冷水浸着。接下来泡糯米、浸红豆、酿蜜枣、裹粽子。这些都是大人的事，孩子们只管拿着筷子，等那裹好的粽子下锅煮熟。

如今说起粽子，已不是什么稀罕物，勾不起味蕾的欲念。集市上每天都有粽子，各种馅料的，只要想吃，随时都可买到。三十年前的乡村却不能这样，只在端午节才能吃到粽子，还有绿豆糕和蜜晶糕，也只在端午节才能吃上。

小时候总想着，要是天天过年过节多好啊，那样就每天都可以吃好吃的。没承想，等每天都可以吃到好吃的时候，那好吃的就失去滋味了，人也失去了盼头，以至节日的欢乐降低到若有若无。

不过，如今的端午节也不是一点意思都没有。在这天，我会早早地起来，去野外割几枝带着露水的艾草，分插在门前和窗边。在小区里进出，目光很自然就落在盛开的端午锦和木槿上。这些植物就像隔壁人家的女孩，儿时结下的情谊，无论过去多少年都不会褪色，每一年重逢，在心头荡起的喜悦还如初时，新鲜清亮，没有尘埃。

立夏草木

五月的第六天，立夏节。从这天开始，牧神的歌吟就是夏天的曲调了。

皖南入夏最明显的特征是山的颜色，不再像之前那样繁复。之前，也就是春天的时候，若是请画家来画皖南的山，得把所有的颜料盒打开，赤橙黄绿青蓝紫，一样也不能少。

入夏后就简单多了，只需一管绿色，就能画出皖南山间的景致。

也不只是山，入夏后皖南的村庄、田野、道路，都是绿的，甚至天空也被洇染，变成绿色，整个世界“像是潜入了一汪绿水”。

这个时节，一个人走进山中，很快也会被倾覆下来的绿染透，眉间脸上，摇摇晃晃全是绿的影子。风穿过竹林和青草，拂在手臂上，毛茸茸，感觉身上也伸出了绿色的枝条、藤蔓，缠绕着向四处蔓延。

当然，仔细看的话，山间低处，除了绿还是有其他颜色的，比如金银花的白，五月菊的黄，益母草的紫，野草莓的红，野蔷薇的粉。

金银花就是忍冬，初开时是白色，开至快要凋谢时转黄。金银花的外形没有什么特别，并不起眼，它的特别之处在于它的香气。金银花的香气是木质的——朴素、清新，明媚却不甜腻。入夏后，金银花的香气就弥漫开来，即使看不见花，也能感受它的存在，一条香气的河流在山间流淌，悄无声息，绵绵不绝。

五月菊的名字是我随口叫的，不知道它的学名是什么，查了很多资料，仍然不知。五月菊的叶子像灰灰菜，花朵却完全是小雏菊的样子，金黄色的花瓣和花蕊，挤挤挨挨，像一群有着阳光姓氏的孩子，光着脚丫在竹林奔跑，在树下捉着迷藏。

村庄的犄角旮旯也随处可见五月菊的身影。皖南老房子多，有些老房子年久失修，没有人住了，五月菊就大模大样地入住进去，占据了墙根、天井、前后院子，甚至跨上了那有些颓塌的墙头，把荒废的老房子变成它们的夏宫。

益母草是唇形科的草本植物。唇形科的植物开起花来很有意思，张着性感的大嘴，下唇突出，向外夸张地伸着，滑稽地吐着舌头。益母草不像五月菊那么繁茂，不留意的人很难看见。我之所以看见，是因为它的名字，每次看见它就会想起住在乡下的母亲。

我曾不止一次地在文字里写过野草莓，也为它写过诗，野草莓仿佛是我情窦初开时爱过的人，那爱是发乎天性的、纯洁的，没有丝毫欲望的气息，仅是对这人间美好事物的倾心。每年入夏，我会到野外采一些野草莓，只是这几年来，采野草莓已变成不那么容易的事了。湖边空地被大片开发，建成了楼盘；村庄边上和茶园里的野草莓不能摘，很可能有除草剂的残留。只有走很远的山路，去到少有人迹的山林深处，遇见的野草莓才可以放心摘下，在它未曾改变的津甜滋味里，怀念一下那久已逝去的年少时光。

野蔷薇也叫荼蘼花，入夏前就开了，到此时已然是一副星辰寥落的样子。想起《红楼梦》里那句“开至荼蘼花事了”，忽觉眼前亮晃晃的光阴暗了一下。此花开过，便是芳菲尽时，一年春去夏又来，故里草木逐日深。

青苔地

连日雨水。雨稍歇时出门，见小区地面上生出许多青苔，横一道竖一道，呈“卍”字形，嵌在地砖的缝隙里。抬头看围墙，墙头的瓦缝间也生出不少青苔，绿意茸茸，与瓦的灰黑色相映，有古朴幽玄的美感。

行至街口，两边的行道树同样如此，树身从根部至顶端青苔遍布，遥遥望去一片苍翠。

青苔为苔藓类植物，资料上说它“属于最低等的高等植物，无花，无种子，以孢子繁殖”。这种解说过于概念化，不容易领会。我还是愿意从古诗的意境里去认识它。比如白居易的“婆娑绿荫树，斑驳青苔地”；刘禹锡的“苔痕上阶绿，草色入帘青”；王维的“返景入深林，复照青苔上”。

青苔和苔藓，更喜欢前一种称呼。可能是“藓”这个字的读音容易叫人联想到一些不舒服的东西吧。而“青苔”则是另一回事了，默读这两个字，就有一股清凉洁净的气息自心底逸出。

青苔喜潮暖阴湿，梅雨季的天气时而晴时而雨，空气里布满水分子，最适合它们繁衍，趁着人稍不留神，就把角角落落的地方坐满。

村庄里的青苔更多。去年，也是这个时节回乡下，老家房子的墙根就爬满了青苔。后院堆放的一摞砖头和碎瓦也覆着青苔，几节枯树桩子几乎看不到树身了，似裹了一件绿绒袍子。从青苔里还长出几朵白色的小蘑菇，很天真的模样，像带着白帽子的小孩走在望不到边际的草地里。

通向菜园的小路不知何时也浮出一层青苔，让人不敢落足，怕踩伤了它们，也怕一不小心就滑倒，摔个四仰八叉。

菜园边有一溜石砌围墙，墙缝里的青苔更为壮观，种类也颇多，团团簇簇，姿态各异，简直就是一个小小的青苔展馆。

凭着近距离对青苔的观察，觉得青苔这样一种植物，可算是植物界的异类了——选择生活在人迹稀少的角落、边缘和地表的最低处，以微小的体形和单一的颜色存在，不发出任何气味，悄无声息地生长着，随着季节和温度的变化生而覆灭，灭而复生。

长时间地面对一片青苔地，还是能闻到一种气味的，清澈而隐秘，类似于丛林深处的泉流——有股子夏日里较为难得的阴凉味道。当一个人在时间的阴地里独自断守时，所闻见的味道也是这样的，有点说不出的寂寞，更多的是宁静和心无挂碍的安谧。

蹲在青苔地里仔细看，会发现一些很有意思的事。对蚂蚁来说，一片青苔地就像是一片密林，走在里面很容易就迷路，找不到方向，要想走出来又很艰难，走到哪里都像是在原地打转。对蜗牛和蜒蚰来说，青苔地就是它们悠哉乐哉的后花园了，可以在里面缓慢地漫游，长时间观赏那精致而繁复的苔叶，饿了就吃上几枚，渴了饮几滴水珠子。

清晨和雨后，青苔地里总是藏着无以计数的水珠子，像一颗颗珍珠落在翡翠盘子里那样晶莹。最好看的，还数葫芦藓花蕊状的长茎上所戴的水珠。再怎么小的水珠子，置于葫芦藓的头上，都显得过于沉重和硕大，但它们仍然站立着，顶着各自头上的那颗水珠，仿佛那是一种荣耀，是加冕在它们头顶的水晶王冠。

莲叶何田田

我有一个姓何的朋友，名叫田田，这名字是她妈给取的，没生她之前就和她爸商量好了，生个男孩叫何田，生个女孩叫何田田。也许是因了名字的缘故，田田酷爱荷花，每年夏天都要来皖南，在傍着荷塘的徽州村落里住上几日。

今年夏初田田突然生病了，腿部做了手术，一时不能离开病床，心里又记挂着荷花，便给我来电话，让我替她去看一看她的荷花姊妹，看看她们是否开得一如往年。

“记得多拍些照片，回来发给我看。”田田挂电话前说道。

说起来我也是个“花痴”，爱拍四季的花花草草，却没拍过荷花，也没有特意观赏过荷花——人工种养的花我都很少看，我所留意的，多是山间无名的花草。

受田田之托后，心里便惦记着去看荷花的事，生怕被别的事耽搁了。一到七月，就背了包，提着相机，去了徽州的呈坎村，装成摄影师的样子，在村口的荷塘转悠了半日。

我去的那天荷花开得正兴，满塘粉红铺排，一朵压着一朵。花太多了，反倒不知该把目光放在哪里，所谓“看花了眼”便是这般情形了。七月的皖南还在梅雨季中，雨水绸缪，那天的雨又更为缠绵，急一阵缓一阵下个没完，中间小晴了几次，每次晴几分钟，像课间休息。

这雨也并不叫我生恼，心里还挺欢喜的——在雨中看荷有很立体的视听效果。雨拍打在荷叶上，起初像一个孩子小跑的碎步，踢踢踏踏由远而近。当雨势渐疾，连成一片，耳边听到的便是春蚕食桑的沙沙声，听着听着，又似古寺传来的诵经之音。

荷花很适合在雨中看。夏天的花都适合在雨中看，比如木槿、凌霄、美人蕉，在雨中越发显得精神，别有情致。

在雨里站着，透过相机的镜头盯着眼前的情景，片刻之后，就有了遁入另一时空的恍惚感——新荷、垂柳、香蒲、狐尾藻，回环起伏的古老徽州建筑、半月形石拱桥、伏在桥沿垂钓的少年、往来游人，以及四处弥漫的绿意和水汽。这一切仿佛并非当下真实的场景，而是来自一个遥远时光的虚像折射，一个幻觉。

荷花的美是醒目和隆重的，初看惊艳，时间一长也就淡然了，而荷叶却与之相反，初看平淡，越看越觉得有意思。

荷叶在雨里是生动的，有活泼的动感——当从天而降的雨水被荷叶接住，在荷叶里汇集，快要溢出荷叶的时候，荷叶就巧妙地俯向一侧，把雨水斜斜地倾下来。下面的荷叶接住细泉，再俯身，微微一倾，把细泉送入塘中。雨水倾空了，荷叶摇摆两下，自动归正。

雨下个不停，隔个片刻，荷叶便要倾斜一次，卸下细泉。荷塘里的荷叶层层叠叠，一股股细泉此起彼落，使人入迷。

呆呆地看了好一阵子，身上被斜雨打湿也不觉得。

到午后那雨还没有收梢的意思，我便端了相机在廊亭里坐下。廊亭里也有垂钓的少年，在亭边或坐或站，手里握着钓竿，每拉起一次，钓钩上便有细长小鱼甩着尾巴。少年将鱼解下，丢进木桶，太小的就重新丢入荷塘。被放生的小鱼入塘后，迅速钻到荷叶下，不见了，仿佛要赶着去向妈妈报平安。

蓦然地，我想到田田，想到田田的妈妈。田田的妈妈是徽州人，年轻时嫁到北方，生下田田不久就去世了。田田说她不记得妈妈的样子，即便做梦，妈妈的样子也是模糊的。

田田只有一张妈妈的旧照片，照片的背景是徽州村落，马头墙的房子毗连着，房前是盛夏的荷塘，石拱桥在荷塘中间，她妈妈就站在桥上，远远看去，很纤细的样子，风吹着她的长发，吹着她的裙角。满塘的荷花、荷叶也都斜斜的，吹向一边，像要随风一起飞起来。

性灵的供养

最早知道野姜花是十年前，在朋友的文字里。朋友说她因为写作，很少出门，饭食也由母亲做好送来。

母亲住得不远，隔着一条街，步行十分钟就到了。

有天母亲送饭比平时晚了半个时辰，这是从来没有过的。朋友渐渐坐不住了，担心眼睛不好的母亲在街上被车撞倒，正要出门寻去，母亲到了，像平常一样，先在房门上叩三声，再推开门。母亲为自己的迟到连声抱歉，将热乎乎的饭盒递给女儿，随后递过来几朵白色的花，说："这是今年新开的野姜花，刚从园子里采的。你闻闻，香不香？"

原来母亲的迟到是因为守着野姜花的花苞，等它的花瓣打开，像蝴蝶一样翩翩欲飞时采下，送给女儿。

朋友说母亲让她闻花香时，脸上喜滋滋的表情就像一个小姑娘。后来的两个月，母亲每天都会给她带几朵野姜花过来，用清水养着，供在她的书案上。

朋友在文字里说，母亲前世一定是她的恋人，因前缘未了，这世便做了她的至亲，将恋情转为亲情，不倦地喂养着她。

朋友的文字令我暗生羡慕。我羡慕这世上有这样一种母女关系，像姐妹、知音和最亲密的朋友。在朋友的文字里我得知了野姜花的名字，却不算真的认识，因为还没见过，但我又觉得自己是早就见过这花的：它的颜色有着月光的清澈，它的形状犹如翩飞的蝴蝶，当它打开花瓣时犹如一扇芳香的大门向人间敞开。

没多久，听到一首名叫《野姜花露珠》的钢琴曲，不知道是曲子本身融入的自然风格让我喜欢，还是因为曲名里有“野姜花”和“露珠”这两个名词使我喜欢。这两个代表着朴实与清新的名词组合在一起，有一种超尘出世的美，使人屏息。

那段时间，我把《野姜花露珠》作为背景音乐放在博客里，循环反复地听，音乐如清泉在山间流淌，听音乐的人则如一滴水珠，从天空轻盈落下，复又回到天上。

当我想象着野姜花的姿容与香气时，并不知道，其实它就在离我不远的地方——我居住着的小区里就种着野姜花。

几年前——大约是五年前，我拿着相机在小区里转悠着，拍摄住户在各自门前种的花草，行至一丛叶片宽大如箬竹的绿植跟前，忽而就被一股香气吸引了，香气是从绿植顶端簇生的素白花朵里散发的。

“奶奶，这是什么花啊？”我问站在一边看我拍摄的老妪。

老妪踮起脚尖采下两朵，笑吟吟地递给我，“这是野姜花，我种的。”

啊，原来这就是野姜花。

接过野姜花，捧在手心，低头闻着香气。那香气也如花色，素洁、清雅，有着禅意的宁静。

老妪说她女儿也喜欢野姜花的香气，过来探望她时，总会采几朵带走。“这花开得勤快，每天都有新花开出来，从夏初开到秋末，香得不得了，你有空就过来采吧。”

近两三年，小区里的野姜花突然多起来，走十几步就能遇见一丛，大概是小区住户从老妪那里分来花根种下的。

我楼下也长出一丛，在入口一侧的花台上，进出楼道抬眼就能看见。

野姜花种得这么近，近在咫尺，最大的受惠者就是我了。入夏后，每天傍晚下班回来，进楼时，先在这丛野姜花前站一会，深呼吸几口，再采两朵新开的花朵，带进屋子，放进水杯。

人养花，花更养人。这养是滋养，也是心灵的供养。

屋子里养着野姜花，就像在心里养着一首诗，香气无处不在，狭小的空间也变得清洁、深邃和开阔起来。

千日红，鸡冠花

千日红，鸡冠花，它们同属于一个家族，这个家族叫苋科。

说起苋科就想到苋菜。苋菜长得快，三月撒下种子，到五月，就可以有嫩生生的苋菜吃了。

苋菜有青，有红。我喜欢吃红苋菜，尤其是红苋菜的汤。将汤汁滗出来，浇在白米饭上，搅拌搅拌，米饭变成紫红色，惊艳得很，诱得人食欲大开。

苋菜的种子细小而圆。乡间有句俗语：苋菜籽掉进针眼里——碰巧。针眼多么小啊，苋菜籽能掉进去，可见得有多么巧。

我没收过苋菜种。种菜，收菜种，那是父母的事。千日红和鸡冠花的种子收过。深秋的时候，走过别人家门口，看见结子的千日红和鸡冠花，就要用手去捋，将整朵花捋下来，拿回家。和苋菜种一个样，千日红和鸡冠花的种子也是细小的，油黑发亮，犹如世界上最小的“黑珍珠”。

收花种是小时候乐于做的事，心里美滋滋，想到不久也将拥有一座小型花园，成为花园的主人，就巴望时间过得快一点，快一点。

但我又总是忘记，第二年春天，不记得把花种撒到泥土里去，等想起来，别人家的花秧已长出地面半尺，能躲进一只小猫了。

也有记住的时候，在大人种苋菜时，赶紧把花种找出来，撒到窗下、院墙边，盖上土。春天过去一大半，没有动静。整个春天都过去了，还是没有动静。那些花种，仿佛从地下沿着某个秘密通道，逃跑了。也可能是我把土盖得太多，它们听不到地面的声响，不知道早已是春天。

乡间人家，种花是种一个烟火气，热闹劲。要种大红大紫的花，种开得长久又好养活的花。那些娇气的，需要费很多力气去侍候，却只肯开一两天的花，乡间是很少种的。

千日红和鸡冠花就是热闹的花，烟火气十足，又开得长久，像燃烧不熄的火焰。门口种上一丛千日红、一大片鸡冠花，再冷清的人家，看起来也是红红火火的。

千日红与鸡冠花，单看并不见得美，粗枝大叶，不精致，简直算不上花。但它们成片开在那里，在黄泥巴土坯房前面，或马头墙下，就美了。

所谓大俗大美，即是如此吧。

不知道别处的乡间是否也种这样的花。皖南乡间，任何一个小村落，都能见到它们。不止千日红和鸡冠花，还有指甲花、晚饭花、太阳花、百日菊，都是常见的。

以前，我小时候，村里的花和人是一样多的。花开得热闹，人活得也热闹，人来人往，鸡犬相闻，是真的热闹。

现在呢，花还在那里开着，人却少了许多。从村头走到村尾，难得见到几个人。

事实上，促使我打开文档，敲下“千日红，鸡冠花”这个标题，就是因为几天前的所见。

几天前，随几位爱好摄影的朋友，去了一个叫不出名字的村庄。村庄在大山里，河流缓缓，能清晰地见到河底的鹅卵石，小青鱼、石斑鱼，在水里自顾自地游着，将影子映在鹅卵石上。空气里有烧枯叶的味道，淡淡的烟草香。阳光金黄，铺在已成熟却没有收获的黄豆地里，有一种油画般的意境。

这村庄，多像陶公种豆的南山。回归田园，简单生活，返璞归真——在这样的村子里，是不难实现的。

可我们在村子里待了很久，从一户人家走到另一户人家，也只见到三五个人，且都是老人。

和别的村庄一样，年轻人都走了，去城里打工，谋求生路。村庄再好，田地再肥，也种不下年轻人的梦想。

收了相机，准备离开村子时，一位头发全白的老妪走过来，一迭连声地说：“到我家去，我养的花很好看。”

老妪手里拄着拐杖，腰弯着，背也驼了，堆满皱褶的脸上却是笑吟吟的，一点悲苦的痕迹也没有。

老人的院子里果然有一丛花，一丛浅紫的千日红。这花开在院子里，使整个冷寂的院子变暖了，有了活泼的生气。

幸好有这花啊！千日红，与风烛残年的老人相伴，像亲人一样安慰着老人，像一团长久燃烧的火，在岁月深处，温暖着老人。

桂子月中落

近几天，夜半醒来总是闻到一种香气，缭绕枕畔，隐隐约约，仔细闻时又没有了，心里疑惑，是桂子香么？但房间里并没有插桂啊。

今晨，拉开卧室窗帘时，一股浓郁而有力道的香气突然扑过来，让人几乎站不住。

香气来自窗外，很近的地方。当我戴上眼镜，再看，这才看清，原来离窗子五步路的地方有两株桂树，正值盛开之时，每根枝条都泛着光，缀满金红花朵。

桂子就是桂花。古人写诗，常将桂花称作桂子，比如“桂子月中落”“山寺月中寻桂子”，有人格化的意韵，也优雅。

日常生活的语境里，是没有人把桂花叫桂子的，那会叫人摸不着头脑。即使书面语，现代人也很少将桂花写成桂子。和古人比起来，生活在这个时代的人是粗糙的。

粗糙是因为快，这个时代太快了，人被时代裹挟着，随着潮水往前冲，想慢也慢不下来。也有例外，也有少数人，从潮水中脱身，让自己边缘化，放慢脚步，走在少有人走的路上。

只有慢下来，才会有闲情，观花、望月、听雨、读书，与书中的古人交谈，成为朋友；与自然中的植物交谈，成为朋友。

我就是这少数人中的一个，多年来，缓慢地呼吸，缓慢地走路，缓慢地阅读和书写。我写过不少植物，都是身边常见的，有野生，有家养。看见了就写，用散文写，用诗写。在书写它们前，先打开感官，去体会、去看、去闻、去触摸，仿佛面对的是一个人，一个能够爱，也愿意付诸爱的人。

当内心充盈着爱意的时候，感官会变得特别敏锐，仿佛有特异功能，能捕捉到看不见的暗物质。爱一个人是这样，爱一种植物时也是这样。在爱中，人的感受力会变得丰富，更富于想象力、创造力。

不记得自己是否写过桂花诗，散文应是写过的，几年前在湖边写过，很短，三百来字，记得其中有一句：嗅觉的盛宴，醉生梦死。

桂树开花时，就是嗅觉领受这道盛宴的时候。桂香是高浓度的酒，仅从瓶子里徐徐倒出，不待饮用，飘散于空中的气味就让人失魂，醺然欲醉。

我居住的小城里，桂树随处可见，不到开花季节，在树下走来走去，也不在意它们。几场秋雨过后，天放晴，就会发现，原来生活的地方，每天走着的路上，竟然有那么多桂树，多到让人惊异，仿佛全世界的桂树都聚集在这里了。这时就会有抑制不住的富足感、庆幸感。庆幸自己生活在这里，被浓醇的桂香淹没，就像被爱淹没那样，幸福地窒息其间。

有意思的是，古人写桂子的诗里都有一轮明月，想来，是和月亮的传说有关吧。相传，月亮里就有一棵桂树，那可能是宇宙里最大的树了。这样大的树上，在仲秋月圆时，会开出多少金色和银色的花朵啊。在夜深人静时，在一个人突然想念着一个地方，或一个人时，悄无声息地落下来。落下来，一场盛大而又寂静的“雪”。

粉籽花，晚饭花

中秋节刚过，屋后人家就把场院里的粉籽花割掉了。

割断的花枝堆在一起，有半人高，好多未开的花苞在枝头上——没有机会再开了。心里有些不平：还没到枯萎的时候，为什么要急着把花割掉呢?

粉籽花就是晚饭花。

之前写过晚饭花，也写过紫茉莉。其实本地人习惯叫它粉籽花。

如果植物也有名片，并且要把所有名字都印上去，那得用超大号的名片纸。因为每种植物都有一长串的名字。它的种子被飞鸟带到陌生的地方，在那里落土、发芽、生长、繁衍，与当地的植物打成一片后，居住在那里的人就会凭着对植物的印象，给它取一个名字。

取名字就是对它的认可。植物有了名字，也就真正融入了当地人的生活，与人相伴，在季节中轮回，一岁一枯荣。

粉籽花的花期很长，能从夏初开到秋末。傍晚，屋顶的炊烟刚升起来，花就开了，一支支袖珍型的小喇叭，多为紫红色，也有白色、黄色，或两色相杂的。

小时候还真拿它当喇叭吹过，摘一朵花，抽去花蕊，将细细的花颈含在唇间，抿着嘴，吹。吹了几次，不出声，吐掉，换一朵，再吹，直到吹出声响。

有孩子自作主张，干脆叫它小喇叭花，嘴里含着花儿，手里拿着树枝，一边赶着牛回家，一边吹，吹着吹着，太阳下山了，西山顶上的金星亮了。

女孩子喜欢粉籽花，更多是因为它的香气——新娘子身上才有的香，让人想把鼻子凑到跟前，使劲嗅、使劲嗅的水粉香。

粉籽花这个名字的来历，就是因为这粉嘟嘟的香气吧。过去，女孩子也真拿它当香粉用——那黑色球形种子，就是小小的粉盒，打开一粒，里面装满了细粉，用指尖将粉挖出，放在手心，匀开，扑在脸颊上，脸就白了，又白又光滑。

《红楼梦》里，宝二爷曾用植物为姐妹们制过胭脂，不知他可用到这粉籽花的种子——应该是用过的，因为粉籽花众多的名字里面，就有一个“胭脂花”。

知道粉籽花也叫晚饭花，是读了汪曾祺小说之后的事。

汪曾祺有篇小说，就叫《晚饭花》，很短，不到两千字。小说是以一个少年的视角写的，少年叫李小龙，和宝二爷为姐妹们调脂弄粉时的年龄差不多，或许还要小一些。这个年龄的人对异性已经有了模糊的爱慕，但这爱慕和成年人的爱又不一样，不掺杂欲望，没有企图，只是一种说不清道不明的倾心。

李小龙倾心的姑娘叫王玉英。李小龙在学校读书，放学回家时是要经过王玉英家门口的，经过她家门口时就会暗暗地看她，把她当一幅很美的画来看。

这真是一幅很美的画，画里有天井一样的狭长院落，正面是一堵山墙，“山墙脚下密密地长了一排晚饭花。王玉英就坐在这个狭长的天井里，坐在晚饭花前面做针线”。

在李小龙的心里，这画面里有一种贞静的美，又神秘又寂寞。又有一种浓烈，这浓烈被寂寞包裹着，想要挣脱、冲破——就像花朵的香气想要冲破院墙。

“晚饭花开得很旺盛，它们使劲地往外开，发疯一样，喊叫着，把自己开在傍晚的空气里。浓绿的，多得不得了的绿叶子；殷红的，胭脂一样的，多得不得了的红花；非常热闹，但又很凄清，没有一点声音。在浓绿浓绿的叶子和乱乱纷纷的红花之前，坐着一个王玉英。”

汪曾祺写晚饭花，其实是写少年李小龙内心的情绪，也是写王玉英内心的情绪。一种想要去爱，渴望爱，又不知如何去爱的情绪。

这篇不足两千字的小说，所写的，就是歌德在《少年维特之烦恼》里说的那句话：“哪个少年不钟情？哪个少女不怀春？”

王玉英没多久就嫁人了，所嫁的那个人似乎是她喜欢的。但是李小龙并不喜欢那个人，觉得那个人配不上王玉英，觉得她不该出嫁，“很气愤”。在少年李小龙的心里，王玉英就应该是画里的人，始终和花朵坐在一起，被花朵的香气拥簇着，而不是被一个污浊男人占有。

《红楼梦》里，宝二爷对姐妹们的心愿也是这样的，不愿意她们出嫁，觉得女孩子都是宝珠，一旦成为人妇，就失去灵气，变成死鱼眼珠子了。

王玉英出嫁之后，晚饭花还在开着。但是这画面再也吸引不了李小龙了，没有王玉英，晚饭花开在哪里，又有什么意思呢？只是教人难过。

“这世上再也没有原来的王玉英了。”小说的最后一句这样写着。让人惆怅，又无可奈何。

《晚饭花》里的李小龙就是汪曾祺，这是汪老后来承认的。

汪老说他小时候和李小龙一样，喜欢随处流连，东张西望，对美有着发乎天性的敏感，把美的人与事物当作画来看着，喜爱着，内心柔软而充实。

对晚饭花，汪老说他并不怎么欣赏，因为这种花实在平凡，没有值得歌颂的品德，甚至是“低贱”的——集市上没有人卖它，公园里没有人种它，诗人不会为它写诗，画家也不画它。它还有许多明显的缺点：没有姿态，枝叶太多。白天的颜色只是一个浓绿，到傍晚开出花来才让人感到它是花。花形不美，只不过还算好玩。花开得也太多，多到细碎，毫不懂得掩饰其村俗乡野之气。

汪老说此花的“低贱”之处还在于它太好养。“随便丢几粒种子到土里，它就赫然长出了一大丛。结了子，落进土中，第二年就会长出更大的几丛，只要有一点空地，全给你占得满满的，一点也不客气。它不怕旱，不怕涝，不用浇水，不用施肥，不得病，也没见它生过虫。这算是什么花呢？然而不是花又是什么呢？”

汪老几乎是有些刻薄地将晚饭花贬了一大通，仿佛真的很看不上这种毫无花姿、简直不像花的植物。但他在写小说时，又将少年爱慕的姑娘和晚饭花放在同一个画面里，让这花从头开到尾，成为小说的背景。

不仅如此，汪老还将自己的小说集命名为《晚饭花集》。他说，“我的小说和晚饭花无相似处，但其无足珍贵则同。”

无足珍贵，与其说这是汪老对自己作品的评价，不如说是自谦。

看到这里，才知道他之前对晚饭花的那一通贬谪也是一种自谦，就像一个父亲，称自己的孩子为“犬子”，论起孩子来也是这不够好那不如人，不过是谦虚罢了，听的人当不得真。

初读汪老小说时，并不知道晚饭花就是粉籽花，到百度里去查，才明白是同一种植物，并且是我自小就熟悉的花。

如今，除了在乡下，很难看到粉籽花了吧。就像汪老说的，公园里没有人种它，就算在乡下，也没有人特意去种——我屋后人家场院里的粉籽花就是自己长出来的，那小地雷样黑黑的种子滚落一地，到了第二年春天，就会发出芽来，呼啦啦长出一大片。

粉籽花通常长在乡间人家的门口、窗下、前后院子里。夏天，晚间乘凉时，人们将凉床抬出来，放到花丛中间。夏天蚊蠓多，乡间蚊蠓尤其多，成群地飞在低空，无论如何驱赶，也避免不了它们的袭击。坐在粉籽花丛中就好多了，粉籽花的香气对蚊蠓来说就是毒药，是能够致命的。

真是一物降一物。粉籽花开在夏天的夜晚，或许就是造物主有意的安排吧。这宇宙间，一切的存在，哪怕是微不足道的存在，都是造物主巧妙安排的结果。每一种生命都有其亲朋，有其天敌，也有其守护者。

有一件事是我想不明白的。花朵开放，释放香气，是为了展示它们的魅力，引来蜜蜂和蝴蝶，采花蜜，为之传授花粉。但是那些选择在夜晚开放的花儿，在黑暗中，不就像锦衣夜行的人么，再怎么美，又有谁能够看见呢？这个时候，忙碌了整个白天的蝴蝶和蜜蜂也都收了翅膀，休息了，有谁会追随香气而来呢？

自然界的秘密太丰富了，每一种植物和动物的生活都有其奥妙，要了解它们，真不是一件简单的事。大自然，或者说生命的趣味也就在这里，白天黑夜，每时每刻，都有神奇的事在发生，每一朵花都是一个奇迹，每一粒种子都是一个奇迹。

木芙蓉花

一面徽州民居的马头墙，有些年月了，墙头檐角戳着瓦松，如一支支箭矢。墙面的石灰因剥落而斑驳，露出里面的砖青色。

墙的左侧有一木门，徽州人习惯称之为耳门。耳门口立着一株花树，树冠与墙齐高，枝多叶茂，看不出树龄，可能有百余岁，也可能十几二十岁。

我认得这花树，是木芙蓉，认得它是因为此时正在开花。草木最好认的时候就是花开之际，若在冬天，只剩下枝丫，想一眼认出就不那么容易了。

离木芙蓉不远处有株桂花树，此时就不好认。今秋雨水多，而桂花不禁风雨，开了两三天，还没在树枝站稳，就被雨水击打得纷纷坠地。

那立在耳门边的木芙蓉倒是不怕雨的，在树端开出几十朵花来。花苞儿更多，每根细枝上顶着七八个苞儿，青褐色，鼓胀着，蓄势待开的样子。

木芙蓉也叫拒霜花，不知是谁给取的名字，透着一股冷傲又倔强的劲儿。

花原本是美而脆弱的，宜在风清气和的时节开。在古人看来，开在霜雪中的花就有些另类了，有傲气，或者说骨气，比如菊与梅。

木芙蓉开得最盛时正值霜降，秋末冬初，乍暖还寒，拒霜花这个别名的来历就缘于此吧。其实叫它迎霜花更妥当些。迎比拒多一份坦然、从容。对于那些注定要到来的，与其拒绝、抵抗，不如从容接纳。

十二个月中，各有司月花神，而木芙蓉就是司十月的花神，“九月菊花初开放，十月芙蓉正上妆”。而在皖南，菊花与芙蓉并无先后，是结着伴儿开的，一高一低，如两个声部合唱的歌，共领秋霜，把季节送往冬天的路途。

木芙蓉是锦葵科。皖南常见锦葵科植物有蜀葵、木槿、扶桑、秋葵。很多人分不出木槿和木芙蓉，以为是同一种，也确实相似——花朵都开在树端，大而艳丽，花瓣有细褶，像一种皱绸布料做出来的绢花。但它们的花期是错开的，之间并无交集：木槿开在春末夏初，木芙蓉开在秋末冬初。

木芙蓉花姿丰盈，盛开时满树烟霞，好在并不沉重，没有累赘感。古人观木芙蓉多在偏僻处，在水边，临水照花，“花水相媚好”（苏轼诗句）。以幽玄侘寂的审美观来看，过于艳丽的事物皆不适合置身闹市，会免不了流俗，沾染红尘浮华的气息。

眼前这株木芙蓉虽不在水边，却也是开在僻静处的。对木芙蓉来说，古徽州的马头墙是最相宜的背景，沧桑与婉约，艳与寂，并置在同一空间里就有了冲突之美。

关于木芙蓉，最有名的诗就是王维的《辛夷坞》：“木末芙蓉花，山中发红萼。涧户寂无人，纷纷开且落。”不过译文里却说他写的是辛夷花，而非木芙蓉。也不一定，虽然冠着辛夷坞的标题，也许王维写的就是木芙蓉。

写什么花并不重要，重要的是诗人感受到的况味，并把这况味纳入诗中，传递给后来的读者，使读者如临其境——有那么一树花，在深山溪流边的人家近旁，吐出一枚枚花骨朵，开着花，红艳艳的，很快又落了。开和落都没有声音，繁华一瞬间，那么寂寞，又那么美好。

辑二

春山入盘

CHUNSHAN RU PAN

葛根

昨天接一朋友的电话，问我能否买到葛根片，说近来颈椎病犯得厉害。

我说没问题，本地买葛根片容易，街边就有。只知道葛根片有降血压和血脂的功效，难道这东西对颈椎病也管用？

朋友说葛根片的好处极多，张仲景《伤寒论》中专治颈椎病的方药就叫葛根汤。葛根还可增强记忆，抗衰老。你平时也可泡一些当茶喝，朋友说。

挂上电话，想起书橱里好像就有这东西，我哥放在那里的。去年这个时候他上山挖的葛根，洗净、切片、晒干，带回乡下给我妈泡水喝，又装了一些在保鲜袋里，留给我。当时我还在北京鲁院（鲁迅文学院）学习，腊月回到家，打开书橱，赫然看见一大袋葛根片，塞在书堆中间。

起身去书橱找那袋葛根，翻了个遍，没找到，是叫我给送人了吧？每次收拾房间总要清理出一堆东西，大多是些不吃不用的，放着可惜，还占地方，不如趁着没坏时送给用得上的人。

去年腊月看见这包葛根片时还想，我哥也真是，我又没高血压、高血脂的，给我这东西干吗。要是当时就知道葛根片还有治疗颈椎病的功效，就不会觉得我哥多此一举了——我的颈椎也有问题，犯起病来天旋地转的。

我哥喜欢挖葛，也不只是喜欢挖葛，所有在山林里钻来钻去的事他都喜欢，拔笋子、打蕨菜、采金银花、采野果……他上班的那个工厂刚好就坐落在山洼里，一到休息时间他就钻到林子去了，下班回家，摩托车上总带着山货。

我哥带这些东西回家并不讨好，嫂子和我嘴上不说什么，心里却在叫苦，因为要帮着收拾，从四月到五月，差不多每天晚饭后，都得围着一堆小山样的笋子或蕨菜，剥壳、摘拣、洗干净后再过一遍开水，去生。这些山货在山上嫩得很，下了山，不及时处理很快就会老掉，特别是蕨菜，下山个把钟头就老了一大截。有时实在忍不住，对我哥说，明天再不要去弄这些东西了，又吃不掉，还要收拾，真麻烦。我哥不说话，第二天还是拎了满满一袋山货回家，分给左邻右舍。好吧，只要不劳我们去收拾，就随他去吧。

挖葛根是冬天以后的事。立冬以后，家里就没断过葛根，切成块状的葛根放在盆子里，吃罢晚饭，我哥用食品袋给装上一些，让我带回自己的住所，当零食吃。

说实话，我从不知道那些葛根挖回来是怎么收拾的，怎么就把那树根一样粗拉拉的东西弄干净，烀熟了，拿起来就可以放到嘴里嚼。我哥从没吩咐我干过这事，这事显然比剥笋子要麻烦得多，指望不上我。只有一次，烀熟的葛根还没有切开，我想，这事不难，我来干吧，就拿了菜刀，切下去——哪里切得动，葛根的淀粉吃住了刀，使上全身的力气，才切进去一点。

葛根挖得多时就拿来洗葛粉，这又是一件麻烦事，好在仍旧跟我没关系。头天晚上，见门口堆着比手臂还长、沾着新鲜泥土的葛根，第二天下班回家，那些葛根就变成豆浆的糊状，沉淀在一口大水缸里了。

过了几天，葛根粉沉淀好了，滤渣晒干，我哥又用袋子装起一些，让我带走。

葛根片也就是这两三年才晒上的，以前家里没晒过。是大前年吧，偶然听说葛根片泡水喝对“三高”人群很有好处，就跟我哥说了，让他晒一点，我爸我妈都有“三高”，让他们喝喝，说不定管用。我哥嗯了一声，过几天，一大袋晒得干干的葛根片就在桌上了。

今年家里没晒葛根片，立冬不久，我哥就随着厂子整体搬迁到北方去了，也是在山里，只不过那里的山光秃秃的，什么都没有，更没有葛根。

他临走前几天还挖了不少葛根，洗了好多葛粉。

我哥走后十天的样子，我下班回家，晚饭后，我嫂指着一个袋子，对我说：“那里面是烀熟的葛根，你拿去吃吧。”

“葛根，哪里来的？”我问。

“还不是你哥挖的，一直放在杂物间里，也不告诉我，今天整理东西才看见，都坏掉好多了。”

我把葛根拿在手上，往自己的住所走去。

天已经很冷了，霜风吹在落尽叶子的树丫上，吹在脸上，有点痛。看着天空的寒月，想着我哥待在那样一个地方，孤零零的，身边连一棵树都没有，突然就心酸起来。

长在树上的粮食

周末爬山，在山道上见到很多乌箕子。

乌箕子是乌箕树上长出来的坚果，形状颇像榛子。乌箕树是本地人的叫法，学名叫苦槠树，和橡树相似。也有一种说法，说苦槠树和橡树本为一物，南北的差异使它有了不同的名称。在北方，人们叫它橡树，到了南方，它就成了苦槠树。

不管这树的学名究竟叫什么，本地人只叫它乌箕树，爷爷辈的这么叫，父辈的这么叫，孙子辈的也这么叫。话说回来，孙子辈——也就是现在的孩子们，恐怕并不认得这种树了，包括它的果实。现在的孩子难得去野外活动，离自然很远，不像我们那一代，几乎就是野生，把山当作游乐园，与泥巴地里生长的事物打成一片，哪里还有不认识。

在我出生的那个村子里，人们与乌箕树的感情是比较亲厚的，对上了年头的老乌箕树更是心存恭敬。扛着长锄走过老乌箕树边，会把锄头从肩上放下来，提在手里，怕不小心撞到了树。忙完活，就摘下草帽，坐在老乌箕树的树荫里，跟树叨咕几句话。叨咕家里最近的愁事、烦心事，也叨咕高兴的事，比如儿媳妇生了娃娃，母鸡又孵了一窝小鸡崽。

村里人家有娶亲的，会去野外砍一根乌箕树枝回来，乌箕树勤于结子，多果实，新房的角落里摆上它，象征着多子多孙。

村里人对乌箕树的感情，说到底还是源于它的果实——乌箕子。乌箕子是长在树上的粮食，不需要耕种就可获得的粮食，如同上天的恩赐，供给村里的人食用，灾荒年月里，还曾救过村里人的命。

乌箕子救命的事我是听父亲说的，他小时候，家里兄弟多，粮食少，总是不够吃，有一年发大水，地里的庄稼淹掉了，到了秋天几乎没有收成，弄得揭不开锅，我奶奶只好上山找吃的。以往的年月里，山上可吃的东西是很多的，特别是乌箕子，到处都是，只要蹲下来就能捡到，捡个把时辰就能把背篓装满。这一年上山却很难见到乌箕子——不是乌箕树不结子，而是整个村子里的人都去山上捡，没几天就捡光了。把地上的乌箕子捡光后，就打树上没落下来的乌箕子，用长竹竿打，打得满地都是折断的树枝。

村头最老的乌箕树也没能逃脱此劫，被打得稀里哗啦，一地残骸。我奶奶没办法，背着空背篓回了家，家里还存着一些前几天捡的乌箕子，碾成粉，也只够吃三五天，接下来漫长的冬天可怎么过呢？

当奶奶愁得简直想跳河时，却发现家里的乌箕子没有变少，反变多了，甚至还有更珍贵的茅栗——是我大伯弄回来的。奶奶很兴奋，又担心，问他是从哪里弄来的，大伯做了个爬树的动作，说，山上那么多松鼠，掏几个松鼠洞不就有了。

乌箕子吃起来其实是有些涩嘴的，若不是遇到荒年，也没人天天吃它，不像松鼠，无论什么年头都以乌箕子为过冬的主粮，大量储存在树洞里。

我小时候，乌箕子就只是饭桌上的辅食了，是一道名叫“乌箕豆腐”的家常菜。乌箕豆腐做起来也不算太复杂，把乌箕子晒干，脱壳，磨成水粉，滤渣，沉淀后入锅煮，边煮边搅拌，直到白色淀粉变成褐红的半透明状时出锅，倒入一只洗净的大木盆里，等它凉下来，凝固成冻状，用刀切成块，加冷水漂着，隔几天换一次水，吃的时候从水里捞一块。

乌箕豆腐在水里多漂几次，基本没有苦涩味，但我却并不喜欢。乌箕豆腐的好吃，就在那点比较独特的苦涩味上，那是山野的味道，丢掉这味道，它就过于温和、滑溜，和别的淀粉类食物没有区别了。

春山入盘

又到一年的野菜季。

皖南山多，野菜也多，多得叫不上名字，不过常吃的也就那么几种，荠菜、马兰头、蕨菜、笋、野水芹、蒿子菜。

荠菜的吃法比较讲究，过年的时候用来包饺子吃，也可凉拌，开水焯一下，切得细细的，撒一些碾碎的花生米，加麻油、盐、姜末，拌匀，即可食之。

凉拌荠菜是一道能上席的菜，适宜用来招待城里的客人，有田野的清气，又入眼，翠生生的，一小盘堆在面前，就是一座春山。

马兰头清炒着吃最好，也可与干丝同炒，菜籽油要多放，我们那里有句顺口溜，“马兰头，炒炒一锅油”，意思是炒马兰头得倒进一锅油。当然，这顺口溜是有些夸张的，表明马兰头很“吃油”，油放得不够，菜就干巴巴，不好看，入口的味道也差了很多。

我家小时候并不常吃马兰头，就是因为它太“吃油”了。我妈平常炒菜只在锅底滴上几滴，有些菜，比如蛋汤，根本就不放油。那时的菜籽油是定量供应，一斤菜籽油得精打细算地吃上几个月。为了吃一顿马兰头，赔上那么多油，是多么不划算的事。

小时候最常吃的野菜是蕨菜和笋，这两种野菜也“吃油”，但它们有一样好处，可以与腊肉同炒，还可晒成干菜，储存在那里。

无论多俭省的人家，腊肉还是有的。家里养的猪，年前杀好，除去过年时吃的，余下的用盐腌上，放在坛子里，压上大石头。过完年后，再把腊肉从坛子里搬出来，挂在屋檐下，吃的时候割一小块。

腊肉里瘦的部分蒸着吃，肥的就用来熬油，炒蕨菜和笋。

腊肉熬出来的油真是香啊！那香是厚实的、富庶的、饱足的，从锅底升腾起来，溢满厨房时，倒入切好的蕨菜或笋，刺啦一声，野菜的香跟着升腾起来了，和腊肉的香无比亲密地融合，诱得人胃口大开。

挂在屋檐下的腊肉一天天地割着，眼看着就没了，只剩下皮和骨头，这时，就是晒干的蕨菜和笋登场的时候了。吸纳了太阳味道的缘故吧，晒干的蕨菜和笋比新鲜的吃起来更香。

干蕨菜或干笋炖腊肉骨头，算是一道大菜，家里来了客人，或过节的时候才吃得上。当然，那是小时候，现在，只要想吃，随时都可以。但随时都可以吃的时候，又勾不起吃的欲望了。

野水芹的味道最能代表阳春的气息，浓郁的清香，咬在嘴里一股脆生生的韧劲。我妈这几年尤其喜欢野水芹，说野水芹能降血压，每天都提着小篮子出去采。“野水芹现在很难采到了，田里打除草剂，很多野菜长不起来，不像从前，到处都是。”我妈叹道。

蒿子菜就是鼠曲草，也是周作人在《故乡的野菜》里写的黄花麦果，吃法和文章里写的一样，“春天采嫩叶，捣烂去汁，和粉做糕”。我们这里把糕叫作“粿”，蒿子菜做的粿就叫蒿子粿，因为是清明前后才有，也叫清明粿。

清明粿是绿色的，春深时节的绿。吃了清明粿，就是吃下了春天的颜色和味道，眼看着春光渐老，也没有什么遗憾了。

豌豆花紫，豌豆花白

豌豆花有多种颜色，我看过的只有两种，紫色和白色。

紫色的豌豆花很上相，尤其是挂着露珠的，从镜头里看，让人惊艳，仿佛它不应该生在菜地，而应该生在花园里。

如果要给紫色分类，可以将一种紫命名为豌豆花紫。

仔细一想，又觉不妥。

豌豆花的花瓣分两层，紫色也分两层，外面一层略浅，里面一层要深得多，近于紫红。同一朵花，拥有两种不同的紫色，深浅相宜，又相互映衬，实在是造物之工。

和紫色豌豆花比起来，白色豌豆花就显得平常多了。白色豌豆花是贫民家的女儿，而紫色豌豆花，更像是贵族家的女儿。

其实，它们的区别只在花朵的颜色上，本质上并没有差别。

人也一样，贫与贵的差别也只体现在表面。命运内部的起伏，生命最终的归途，并没有什么不同。

在菜地里看到豌豆花时，总会想到蝴蝶。大片的豌豆花，层层叠叠的豌豆花，紫色的、白色的，像无数蝴蝶的聚集，风一吹就颤动不止，随时会飞起来。

过于相似的两种事物，使人觉得它们之间有某种联系。这联系是隐秘的，看不见的，又很密切，就像精神的磁力，或者说爱。

“爱是一种神秘的易容术，能使相爱者在交换彼此灵魂的同时，也交换彼此的面容。比如这只蝴蝶，因为长久地凝视这朵花，就变成了相似的另一朵。”想起来了，很久以前，我就曾写过这句。

豌豆的花期长，能开上一个月。今年第一次拍豌豆花是三月初，几天前去菜地，仍有豌豆花在开。那些早开花的已经结荚，迎着阳光，能看见豆荚里稚嫩的豆粒，扁扁的绿玉色，数一数，有七颗，再过几天，就能长出圆润的样子了。

到了春末，豌豆就可以摘吃。这时的豌豆还很嫩生，水煮着吃最好。选那豆粒鼓出的豌豆荚摘下，洗净，入锅，加满清水，加适量盐粒，一起煮。煮开后把火关小，焖一下，入了味就可捞起来装盘。吃水煮豌豆不用剥壳，手指捏住豆荚的一端，入嘴，抿紧唇，在门齿中间一抽，豆粒就留在舌上了，原汁原味的豌豆香气，柔韧清甜。

等豌豆再长得饱满些，就可以焖豌豆饭吃。

我家通常在立夏那天吃豌豆饭。焖豌豆饭需用铁锅，在老柴火灶上操作。割一块五花腊肉，切成细丁，和刚剥出来的鲜豌豆一起倒入锅里，放进洗净的糯米，微量的盐，加水煮。豌豆饭煮开后，香气就涌了出来，腊肉的荤香和豌豆的素香混合在一起，托底的则是糯米香，像摇滚、爵士与民乐的多重组合，横冲直撞，很是生猛，又有绕梁三日的余韵。

焖豌豆饭的工夫在焖上，焖得不干又不烂，还能留一层薄薄的锅巴是最好。

吃过豌豆饭，就是夏天，地里的豌豆禾子开始转黄，豌豆荚呢，也鼓得快要撑不住自己。这个时候，凭谁也分不清，哪片地里的豆荚是紫豌豆花结的，哪片地里的豆荚是白豌豆花结的。

梅雨季的食物

梅雨季的皖南是迷人的。

两场雨的间隙里，太阳穿过云层，漏下光芒，一把扇子从半空伸出，银色的扇骨，撑开一片透明的光之翼。

光之翼落足在稻田，稻田亮起来，或深或浅，如绿的色块，相间着，又层次分明。

光之翼落足在湖心，那方水域顷刻变得银灿，在一种梦幻的迷离中，似有仙子分开水路，从湖底踏着莲花浮出湖面。

小城上空，白色的水汽正在弥漫，聚合成团，随风飘移着，幻化出令人出神的形象。它们有时浮在低空，挂在树梢，似乎踮起脚尖就能扯下一片。

山中有更多的水汽蒸腾，分不清它们是云还是雾，是从空中降下，还是从某个秘密的洞穴逸出。当光之翼落在它们身上时，它们就变成哈达，缠绕在山腰，将人间的丘林渲染成世外仙山。

不过一盏茶的工夫，光之翼收走，从云端伸出的银扇合上。浮在低空的云又变成雨滴，落回地面。

想到“翻云覆雨”这个词的来源，应该就是皖南的梅雨季。

梅雨季里没有特别重大的农事。油菜在入梅前就已收割晒干，打成菜籽。土豆也在入梅前从地里收回。花生种下了。芝麻种下了。需要扦插的庄稼，比如山芋，也在刚入梅时插入地垄。稻田的秧苗此时如同少年，日夜拔着身高。菜地里的瓜瓜豆豆，在这时节也是比赛着生长，黄瓜、黄豆、葫芦、豆角、西红柿、茄子……每天都能摘回两大筐，让主人又欢喜又发愁——这么多蔬菜，当饭吃也吃不完，怎么办呢？

蔬菜吃不完，就制成干菜，不然只能眼睁睁看着它们老去。可梅雨季又没有一个完整的晴天来晒干菜——没关系，办法总是有的。我爸这时会拖出茶季烘茶叶的家伙：竹匾和烘圈，生一盆炭火，放在烘圈里，将焯过水的豆角摊开在竹匾上，再将竹匾架上烘圈。

梅雨季的乡间，即便不烘干菜，也少不得要生盆炭火在屋子里，驱驱潮气，让屋里的东西不至于生霉，晒不干的衣服也可以摊在竹匾上烘干。

不用担心炭火会提高室内的温度，让屋子变成火炉——皖南的闷热直到出梅后才真正到来，之前的气候更像加长版的初夏。

父亲在梅雨季会烘很多干豆角，储存在罐子里。干豆角有种干菜少有的甜香气息，打开罐子，就能闻到那独特的味道，用它炖汤，除了盐，什么作料也不放，照样鲜美。干豆角烧肉则是皖南的名菜，小时候，逢到重要日子才能吃到，把干豆角用冷水发开，泡软，切成段，与五花肉一同红烧，作料可以按口味加入，八角、茴香，都可以放，喜欢吃辣的就放些干辣椒。干豆角烧肉讲究的是焖的工夫，焖得不到火候，豆角不入味；焖过了火，豆角又太烂，嚼在嘴里没有筋道。

梅雨季里韭菜也是长得最好的时候，隔个几天，父亲会割一把韭菜回来，洗净，切碎，加入鸡蛋、面粉，和匀了，在灶上摊成面饼。摊韭菜面饼是父亲的绝活，薄厚均匀，不粘锅底。摊成形后，父亲两手提着锅的“耳朵”，朝空中一抖，面饼凌空一个筋斗，翻了过来，又落入锅中。父亲每回表演这招时我都会紧张，担心面饼落到地上，那就太可惜了。不过父亲从来没有失手过，当面饼漂亮地翻转之后落入锅中，父亲脸上也会止不住露出得意之色。

梅雨季湿气重，吃韭菜面饼可以除湿，也解了我和哥哥的馋。有次，父亲和母亲都不在家，我和哥哥——不知道是谁起的主意，去后院割了把韭菜，学着父亲的样子，摊起面饼来。鸡蛋和面粉是现成的，韭菜洗好切碎，放进去，再加水，调成面糊。不知是不是水放多的缘故，到了摊面饼的环节，我和哥哥就傻眼了——无论如何也摊不成形，软塌塌团在一起，粘在锅铲上，糊满了锅沿。

就在我们手忙脚乱不知如何收拾时，父亲回来了，我和哥哥一脸惊慌，把头垂到胸前，等候父亲发落。等了好几分钟，也没听到父亲的训斥，偷眼看去，只见父亲卷起衣袖，打开面粉袋，舀出两勺面粉，和进我们调的面糊里，将锅洗净，倒进菜油，摊起面饼来。

父亲一张一张地摊着韭菜面饼，摊好了就让我和哥哥吃。不记得父亲那次摊了多少面饼，应该是从没有过的多。我和哥哥低头闷声不响地吃着，起初吃的速度很快，之后越来越慢，父亲摊完最后一张面饼时，我和哥哥已举不动筷子了。

马奶奶的酱板

每年七月初，梅雨告别的前几天里，邻居家的马奶奶就会拿出一兜大粒子黄豆，在凉水里浸泡一夜，入锅蒸熟。接着又拿出两只竹匾，擦拭干净。一看这架势，就知道马奶奶准备做酱板了。

酱板就是黄豆酱，梅雨季潮湿温热的气候最适合做酱板。

做酱板要先霉豆子。把浸泡得胖乎乎的黄豆上锅蒸熟，加入面粉，将豆子裹匀，做成扁圆的豆饼。

豆饼晾凉了，码放在竹匾上，一个一个排开，上面盖一层黄荆条，将豆饼捂住，不让它见光。

黄荆长在山坡上，春末时开细细的紫花，有很好闻的气味。蚊虫却很怕它，不敢沾边。乡间就拿它来驱蚊。砍回几根枝条，晒干了，夏天傍晚乘凉时点一根，让烟在身边淡淡地飘着。黄荆的枝条细长，又有韧性，乡间人上山砍柴，也常拿黄荆条当绳子用，用它捆绑柴火。

为什么要用黄荆条盖豆饼呢？马奶奶说不出原因，只说老辈人都这么做，自然是有道理的，跟着这么做就行了。装了豆饼的竹匾放到储物间里，下面架两条长板凳，让竹匾透气，这样就不会把豆饼捂坏了。

之后的几天，除了马奶奶自己，别的人是不准进这屋子的。马奶奶说进出的人多了，会弄出动静，豆饼就不敢长霉丝了。“霉豆子就像母鸡孵小鸡，要让豆饼待在安安静静的地方，不要吵着它。”

孩子可不信这邪，马奶奶的外孙趁着大人不注意，就钻进储物间——那些豆饼刚做出来时他就盯上了，想吃，吵了好一阵子，马奶奶也没给他。

等马奶奶发现时已来不及，果然，那一年的豆饼没有霉好——掀开黄荆条，马奶奶没有在豆饼上看见她期待的，那种毛茸茸的白菌丝和黏稠的黄霉。很多豆饼上长的尽是黑霉点子，这是坏霉，不能要。

豆饼在储物间里搁个四五天，霉就长好，这时刚好出梅。一个月的梅雨季过去了，盛暑到来，太阳终于大大方方地悬在空中，从早到晚，吐着黄灿的焰光。

霉好了的豆饼搬到太阳底下，只一天就晒干。冷一晚上，第二天，将干霉豆饼掰碎，放进一只大肚子敞口的陶钵里，倒进冷却的盐开水。

马奶奶喜欢用凉茶做酱板。抓两把绿茶，放进陶钵里，冲进半缸开水。等茶凉了，捞起茶叶，再放进盐、蒜瓣、姜块和掰碎了的霉豆饼。

接下来就是晒酱了。马奶奶的酱板就晒在厨房门口，那里从早到晚都能晒到太阳。

我下班回家是要经过马奶奶家厨房门口的，走过酱钵时，总忍不住把头伸过去看上几眼。霉豆饼在酱钵里晒两天就化成褐色的液体，之后，颜色一天天加深，直到变成稠厚的黑色。

这酱钵到了晚上也不用搬回家，让它吸一些夜露，味道会更好。若是有雨，就拿一只大脸盆倒扣在钵口，再压上刀板。

每天早起，马奶奶做的第一件事就是搅拌酱钵。拿一支长柄木勺，伸到酱钵底部，顺时针搅两圈，逆时针搅两圈，如此反复地搅着，直到下面的酱翻上来。

搅拌酱钵是讲究时间的，大白天，酱晒热了的时候不能搅，一搅酱就变了味，酸了。

马奶奶说做酱板也没有特别的门道，要想把酱板做好，不能性急，也不能随着性子乱来。酱板是有脾气的，得顺着它的脾气，慢慢来，不能反背。

这样的话小时候也听我奶奶讲过。奶奶说酱板晒着的时候就像人在做梦，千万不要碰它，吵醒了它，一生起气来，味道就变坏。

奶奶喜欢把酱钵晒在屋后的菜园里，上面盖一层纱布罩子。奶奶担心会有苍蝇掉进酱钵，一钵子酱就给毁了。

也不知道奶奶为什么要把酱钵晒在菜园里，可能觉得那里来往的人少——尤其是孩子，不会想到要往菜园跑。这样，钵子里的酱就能不受干扰，安安静静在太阳地里做它的美梦。

酱板要晒整个暑假。到快开学时，奶奶才让我和哥哥把酱钵抬回家。这时酱钵里只有半钵酱了，而刚开始晒时，酱钵差不多是满的。

奶奶不知道，我经常去屋后的菜园，在酱钵面前站着，使劲地，大口大口吸着酱香。真想掀开罩子，尝尝酱板的味道，可一想到，这样会让酱板“生气”，味道变坏，就只好忍着。也有几次，起得早，在奶奶搅过酱板离开菜园后，我像猫儿一样，悄无声息地溜进去，掀开罩子，伸进手指，在酱钵边缘刮一下，让手指粘满黑色酱液。

手指放进嘴里，真鲜啊，鲜得简直要把手指吞下去。那一整天，嘴里都有酱板的回味。

不知道哥哥是不是也做过同样的事，一定是做过的，不然酱板怎么浅下去那么多。有几次，从哥哥的嘴角，我见到黝黑的痕迹，奶奶应该也见到过吧，但她从没问过什么——也许她是假装不知道。

到了白露，马奶奶做的酱板晒好了，用玻璃瓶装起来，上面淋一层麻油封口，盖严。“丽敏，拿个空玻璃瓶过来，给你装一瓶。”每到这时，马奶奶会在隔壁喊我，我嘴里忙不迭地答应着，把早就留好的玻璃瓶拿过去，连声道谢：“又享马奶奶的口福了。”

入夏鲜蔬

入夏后，腰子芋成了餐桌上的主要角色。

腰子芋就是土豆，之所以有这名字，缘于它的外貌——扁扁的，皮色微红，酷似猪腰子的形状。

我侄子对于食物很是挑剔，再怎么喜欢的菜，连续吃两顿就厌了，尤其是蔬菜，几乎不伸筷子，连哄带威胁，软硬兼施，也只勉强吃上两口。为此他妈妈很伤脑筋，时常陷入黔驴技穷的尴尬处境，好在有腰子芋。

腰子芋是侄子唯一乐意吃的蔬菜，上顿下顿地吃也吃不厌。一碗腰子芋煮汤，除了盐粒，不放任何调料，他一人能包圆，吃得直咂嘴。一个人对一种食物的偏爱，或许也是一种无解之缘。其实仔细想想，还是有道理的。腰子芋是本地品种的薯类，没有经过转基因什么的来改变它的种性，个头虽是小了点，味道却极鲜美，口感细腻，明显区别于大个头的洋芋。

侄子喜欢吃腰子芋，他的爷爷——也就是我的父亲，就主动承担起种植的任务。每年立春这天，父亲回到乡下，把切成块状的芋种插到菜地里。芋种上带着两三寸长的嫩芽，埋入下过草木灰的泥土后，经初春的雨水一浇，很快就扎下了根，呼啦啦地生长起来。过了两个月，芋秧开花了。淡紫色的小花朵，朴素地开在那里很长时间。

几场雨后，大河小河灌满了水，腰子芋也快长成了。收获腰子芋的时间在小满节气上。这个时候收获的还有油菜籽、蚕豌豆。此外还有樱桃、枇杷这些色味俱佳的浆果。

父亲把地里的腰子芋全挖起来，用竹篮装着，吊在屋梁下。这样悬空吊着，既通风，老鼠又够不着，能储存很长时间。

腰子芋里最小的只有鹌鹑蛋那么大，模样也像鹌鹑蛋，圆而小巧。父亲把它们挑出来，洗净了，也不用切开，就那么整个地放到锅里，加肉块和梅干菜红烧着。一碗红烧腰子芋端上桌，没一会工夫，就只剩下肉块了。

中等个头的腰子芋用来烧汤——这是侄子最喜欢的吃法。洗净去皮，切成片，热油下锅，翻炒至半熟，再加盐和足够多的水，煮开即可。腰子芋煮成的汤呈奶白色，汤味浓郁，鲜香纯正。

个头大一些的腰子芋适合切成细丝，做炒菜——这是我钟爱的吃法。炒芋丝很讲究刀工，芋丝要切得均匀。是否均匀听菜刀落在砧板上的声音就知道了，嚓嚓嚓，嚓嚓嚓，节奏快而且齐，有韵律感，切出来的芋丝就是均匀的。若紧一阵慢一阵，切出来的芋丝也就粗的粗、细的细了。粗细不匀的芋丝受热就不均匀，味道自然要差些。不过，也不必过分讲究，毕竟这菜的原料好啊，先天优势在那摆着，只要是炒熟了，咸淡适宜，味道差不到哪里去。

炒芋丝不能加水，在锅里迅速翻炒，起锅的时候加一点醋提味。腰子芋的淀粉含量高，容易粘锅，这也没什么——那粘在锅底的部分才是精华，用锅铲铲下，焦黄的一小卷，捏在手里，细细品尝，其香脆滋味是任何薯片也比不上的。

腰子芋还有一种吃法——火堆里煨着吃。这种吃法朴素到近乎原始，有天然的乐趣在里面——食物的味道是天然的，制作的过程也是天然的。

小时候最喜欢这样吃腰子芋，和小伙伴们在野外生火堆煨，也在自家柴火灶的灶洞里煨。为了吃上柴火洞里煨出的腰子芋，我会主动提出做晚饭。放了学，书包一丢就跑到厨房里，在灶下捣鼓着，三下两下，灶洞里的火生着了。烧水，淘米，煮饭。米饭煮开锅后，灶洞里已积了不少木柴烧出的火煤，赶紧塞一个腰子芋进去，把四面的火煤拨起，拢在上面。等米饭焖熟，腰子芋也煨熟了，香气挡不住地飘出来，绵绵不绝，溢满厨房。煨出来的腰子芋有双重的美味，既满足了嗅觉又满足了味觉——甚至嗅觉的享受胜过了味觉。

这样淳朴又浓厚的食物原味，现代人很难再享用到了。比如我侄子，他就从没有闻过火堆或灶洞里煨出的腰子芋味，也没有体验过煨腰子芋过程里的快乐。他的少年时光，放学后所做的事就是埋头写作业，沉甸甸的书包压迫着他，剥夺了一个少年原本应该拥有的生命乐趣。

入夏后，父亲每天会在菜市上买几只西红柿回来。和腰子芋一样，这些西红柿也是本地品种，只在夏天才有。别的季节也是有西红柿的，菜市上有，超市里更多，是从外地运来的，转基因的品种，硬邦邦，闻不出西红柿的味道。这样的西红柿，看一眼就别过身去，引不起食欲。

本地的西红柿有股清香气，饱满的馒头形，皮薄肉红，捏在手里有浆果成熟后的柔软感。作为食材，这样的西红柿可算接近完美——既是蔬，又是果；可生食，也可熟食；可做主料，也可做辅料或者是调味料。

不知道还有什么能比得上它。当一个人修炼到某种境界时，会宠辱不惊，随遇而安。而西红柿天生就具备了这样的品性。

父亲也种西红柿，乡下屋后的菜园子里，每年都会种一畦。只不过我家的西红柿种得晚，现在还是小青果，梅雨季过后才见红熟。父亲把西红柿种得晚是有缘由的，西红柿在结果期，尤其是快成熟的时候，最怕雨水，过多的雨水会让果子开裂，腐烂，脱落一地。而皖南的梅雨季几乎就泡在雨水里。

父亲种西红柿是因为我，我喜欢吃西红柿，其程度可用“情有独钟”来形容。

我对西红柿的喜欢由来已久。小时候，暑假里最热衷的事就是赶早起来，拎上竹篮，去菜园子里采摘西红柿。西红柿成熟时，满园都是它的香气，与露水和草香混合在一起，清润透亮，闪着光芒。这就是夏天清晨的味道了。

采摘西红柿的快乐也是透亮有光的，丝毫不逊于品尝西红柿。可能所有的果子都是这样吧，亲手种植和采摘的快乐，有时胜过对它的品尝。

西红柿成熟的时候，菜园里的景象也是好看的，到处都是它们红硕的果子，安静地垂挂，使人感到生命的圆融。

竹篮装满了就停止采摘，留一半自家吃，另一半拿去分送给邻居。食物要与邻居分享，不能独食。在乡间，这算是一种传统，也是生活的哲学。留下来的一半也有不少，当水果吃，做菜吃，足够全家人吃一天了。

在我家，西红柿做菜吃也没有什么花样，通常是西红柿蛋汤，或西红柿炒鸡蛋。也常凉拌了吃，把西红柿切成薄片，排列在盘子里，撒一层白糖在上面。

到了晚上，一家人在院子里乘凉，边上也常摆一盘拌白糖的西红柿。

遇到下雨，菜地里总会落下几只青西红柿。捡回来，切成条，用辣椒炒。没成熟的西红柿不能生吃，有微毒，炒熟之后毒就消解了，脆生生，极为爽口。

家里买了冰箱后也做过西红柿酱。那是多年之后的事了，把红熟的西红柿洗净，入开水烫一下，撕去薄皮，再切开，放进锅里，加几匙白糖，搅匀了熬至浓稠糊状。熬好的西红柿酱晾凉，装进洗净的玻璃瓶，冰箱里储存着，逢到做糖醋鱼或糖醋排骨时就拿出来。

我更喜欢不加白糖的西红柿酱，吃面条时加几大匙，把面条拌得红红的，再也没有什么比得上这碗面的美味，似乎一辈子只吃这样的面也是可以的。有几年我就只吃这样的面。那是独自住在湖边的时候，把新鲜的西红柿煮成糊状，打一只鸡蛋进去，拌进煮熟的面条里，除了盐再也不加任何调料，油也不要。

西红柿和排骨、玉米、胡萝卜一起煮也不错。去年的一段时间，父亲天天要做上这么一大锅，等我下班回来，全家人一起热乎乎地吃着。

堂姐的观音豆腐

观音豆腐也叫绿豆腐，是夏天才有的野味。

说到野味，总以为是野生动物，比如野鸡、野鸭、野兔。这样理解也没错，只是狭隘了些。在我看来，只要是野生而又可以食用的滋味，都可归置到野味名下，包括野菜和野果。

观音豆腐就是野菜的一种，但它又不同于通常的野菜，比如荠菜和马兰头，从山里采回家，洗干净炒熟即可食用。观音豆腐在山里是采不到的，采到的只是一种名叫腐婢的小灌木。

观音豆腐就是从这有着清幽香气的小灌木里得来的，确切地说，是从小灌木的绿叶里得来的，在成为野味之前，还需要一个制作加工的过程。

我也只吃过两三回观音豆腐，是在很久以前，在小时候。

我吃过的观音豆腐是堂姐做的。堂姐是四伯的女儿，比我大八岁，在我还是个懵懂无知的小丫头时，她已出脱成成熟的少女了。挨近她身边，就能闻到从她身上散发出的味道，说不出那味道的来源，只是觉得好闻，像是汗香，又像饱含甜汁的瓜果在盛夏散发的气味。

堂姐读完小学后就不再读书了，家里有两个弟弟，大弟又患有疾病，站着好好的，突然就倒在地上，手脚不停抽搐，嘴角泛着白沫。村里人说这病叫癫痫，胎里带来，没法治。大弟随时会发病，不能出门，还得留个人在家里看护他，在他发病时抱紧他，往他嘴里塞毛巾，用手指掐他人中，不让他昏死过去。

四伯很少落家，长年在外面做事。堂姐的妈妈——也就是我的四伯母，身体也不好，病恹恹，干不得重活。这样，家里家外的很多事就落在堂姐身上了。苦难生活最能磨炼一个人。堂姐很小就表现出灵巧能干的特质，用村里人的话说就是“里里外外一把手”，和堂姐同龄的姑娘还在父母跟前撒娇呢，她就当起了家，成了这个家里名副其实的女主人。

堂姐每天要干很多活，砍柴、种地、洗衣服、做饭，没有闲着的时候。即便在夏天的夜晚，别人都坐在院子里，摇着蒲扇乘凉时，她的手仍在忙活，借着月亮的微光，飞针走线地纳着鞋底。

堂姐生来爱笑，一笑眼睛就眯成了一道缝，还喜欢唱黄梅调，边干活边唱。堂姐说唱黄梅调能解乏，干活就不觉得累了。

我家和堂姐家离得近，一天总要往她家跑几趟，吃饭的时候也会端着饭碗跑到她家。在堂姐身边，碗里干巴巴的饭也会变得有滋味一点。观音豆腐就是在堂姐家吃的。堂姐将那绿盈盈又似肉冻般的东西舀到我碗里时，我有点发蒙，举着筷子不知如何下口。“吃吧，这是我做的观音豆腐，夏天吃这个好，消暑气。”堂姐眼睛又眯成一道缝，笑道。

我家在夏天也会做一些消暑的食物吃，大多是绿豆汤、藕粉羹，加点白糖，放凉了吃，感觉也不错，但那些都是流质的、汤汤水水的，没什么看相。眼前的观音豆腐却是固状的，碧绿通透，厚实中又有颤巍巍的柔软，别说吃，看在眼里就感到不凡。

现在回想观音豆腐，已记不清它的味道了，只记得它出尘脱俗的凉润，还有它毫无杂质的清香——之后许多年，再也没有与这样的清香重逢过。

那不久又吃过两回观音豆腐。有一次是在河边，亲眼看着堂姐制作的。堂姐在河里洗完衣服，一转身，不知从哪里扯了一大把绿叶子，洗干净，放进脸盆，再加一些清水，不停搓揉，直到把叶子揉成细末，把里面的绿汁全揉出来。

脸盆里的液体已变成深碧色，浮着一层白沫儿。堂姐拿出一块干净的纱布，蒙在脸盆边缘，把脸盆里混着叶渣的汁水缓缓倒入洋瓷缸中。这样过滤了两遍，叶渣就全部滤除了。堂姐一手拎着装衣服的篮子，一手端着盛着绿汁的洋瓷缸。我则端着空脸盆，紧跟在堂姐后面。

我迫切地想知道堂姐是怎么把绿汁变成观音豆腐的，但是，不知什么时候分了一下神——也只是一小会的工夫，就错过了这关键的时刻。就像观看魔术的孩子，眨了一下眼，魔术师手里的丝巾就变成了鸽子。

等我再走到洋瓷缸跟前时，里面的绿汁已经凝固成冻玉状了。

很多年后，终于知道那使绿汁凝固的东西不过是一把草木灰。将锅灶下现成的草木灰取一小把，入水，过滤，将滤去杂质的草木灰水倒入绿汁，搅拌一会，观音豆腐就做成了。草木灰含碱，有凝固剂的作用。草木灰还可以止血。有次大弟发病，额头磕在桌角上，顷刻淌出了血，堂姐就将草木灰抓一把，抹在他的额头上。

在我小学毕业那年，堂姐嫁了人，嫁得不远，就在邻村。婚后的堂姐依然住在娘家，和丈夫一起照应着家人的生活。直到大弟去世，小弟也学上了手艺，四伯回到家里不再出去，堂姐才离开，住到邻村婆家去了。

差不多过去三十多年了，当我想起堂姐，记忆里仍是她身上好闻的味道，还有她眯着眼的笑容，自得其乐的黄梅调，蹲在河边搓揉着腐婢叶子的样子。夏日的阳光照着她长长的脖颈和挂着细汗珠子的脸颊，那么好看，就像照着一朵盛开的向日葵。

南瓜记

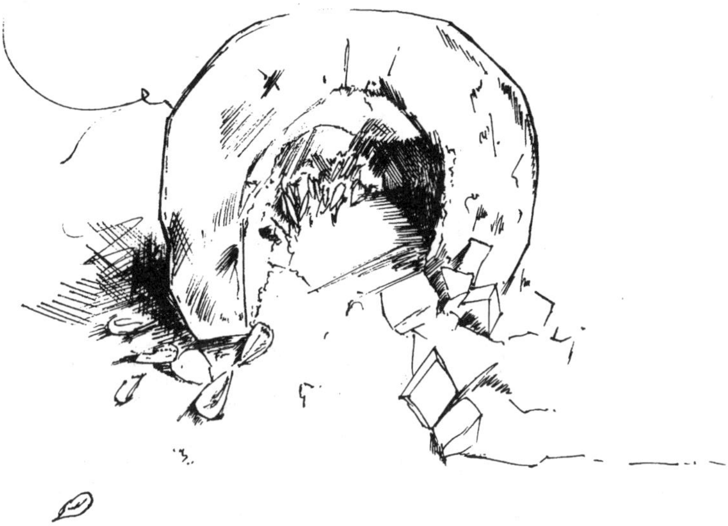

有的时候
我希望自己活得像南瓜
该开花的时候开花
该结果的时候结果
在秋天的时候躺在地里
红得像瓦

——红土《像南瓜一样地活着》

中午吃了半碗南瓜丸子。吃着吃着，就想，这个要写下来。

看了好的花，吃了好的东西，总想着要写下，哪怕三五行字。若不写，就觉得是白看白吃了。

一个人生活，食谱是很单调的，懒得费时间精细烹制。善烹美食，不厌其烦者，大多不是为了解自己的馋，而是为了钟爱的人，在烹制过程中，把心意放进去，把情感放进去。做好了，热气腾腾，端放在那个人面前，看他大快朵颐，吃得额头发亮，鼻尖冒出汗星子，真是又满足、又幸福。

若是为自己，以最简便的方法做熟，填下肚，将胃哄饱即可。比如南瓜，近来也做过几次，都是切开，切成“爿”状，瓜瓤也不去掉，放锅里煮，除了水，什么调料也不放。

水的多少视南瓜的多少而定。我通常放一碗水，水煮干了，南瓜也熟了，关火，焖一下，让余温使南瓜的水分再散发一些。

简单之极，味道也不差，甜而糯。食物的原味之美，可当饭，又可当点心。

写南瓜丸子不能只写南瓜丸子，还要写写南瓜。可我已经写过南瓜了，写过不止一次，还要写么？还能写么？

老写一种东西，会不会是题材的重复？让读的人皱眉头：怎么又是这个，怎么就没有点新东西。

题材重复不要紧，只要内容、写法不重复就好。这就和烹制食物一个道理：同样的食材，今天小炒，明天红烧，后天清炖，或者油煎。只要不天天重复一种味道就好。

南瓜是写不完的。南瓜的一生写不完。南瓜也是很难写的，太熟悉了，就像我们的亲人。写陌生人容易，写亲人难，越亲的人越难写，轻了、重了、浓了、淡了——怎么写都觉得不对头，顾忌这、顾忌那，以至不敢下笔。

我就没写过我父亲，三言两语的有写过，但那不算。我从没用一整篇文章从头到尾地写我父亲，写他的人生，他的痛与欢——尤其是痛。不敢写，简直不能触碰，会伤着自己，说不定也会伤着父亲。我相信一语成谶，对亲人，我不能动用沉重、锋利、危险、不吉利的词。也许以后会写，现在不。现在宁愿写写南瓜、青菜、萝卜，这些植物家族的亲人们。

南瓜的一生都做了人的食物（写下这一句又想到父亲，父亲和南瓜真的太像了）。南瓜藤，南瓜花，小小、嫩嫩的青南瓜，长大的、老而金黄的癞子瓜，还有装在它肚子里的南瓜子，都做了人的食物。

南瓜藤就是南瓜秆，要在南瓜开花前采食。南瓜秧子爬藤后，适当地采摘一些带叶的秆子，会减少养料的消耗。种南瓜不是让它长更多的叶子，而是让它更多地开花、结瓜。结瓜才是南瓜的本分。枝枝叶叶的东西少了，能量就节省下来，用到正经本分的事情上去了。

以前乡下养猪，养鸡鸭鹅，摘下的南瓜藤都喂了它们。现在乡下很少养这些，南瓜藤就上了餐桌，成了受人青睐的时令小菜。

食物的命运也是风水轮流转，此一时，彼一时，莫可测也。比如曾经贵为山珍的蕨菜，这两年突然说不能吃，致癌，也不知真假，但吃的人明显少了。

南瓜藤上有细刺一样的茸毛，入锅前要先撕去外皮，掐成一指长的细段。南瓜藤是中空的，如吸管，可像笛子一样吹响。小时候就这样玩过，含在嘴里，吹出很大的声音。现在想来，那声音其实很不雅，又突兀，吓人一跳，有点恶作剧。

南瓜花有公母之分。公花先开，在太阳出山的时候开。母花要矜持一点，开得略晚，仿佛要梳妆打扮一番才肯见人。

同样是南瓜花，黄黄的、皱皱的摊在那里，大手帕一般，怎么分得出公花、母花呢？

乡下的孩子自然能分得出，不用人教，看几回就知道了。母花的花蒂下有个小圆球，像奶奶衣襟上的圆布扣子。公花的花蒂下什么也没有，花蕊也短小得多。

吃南瓜花就是吃它的公花。反正公花不结瓜，不吃白不吃。

南瓜花的吃法大多如此：冷水和一碗稀稀的面粉糊，放入些许椒盐，将花在面糊里滚一下，入烧热的油锅里拖一拖，裹着的面糊结出壳，呈金黄色，就算是好了。

南瓜花是近来吃得较多的点心。只要在饭店吃饭，必点这个。店家用小竹篮装着，上桌，黄灿灿，将开未开的样子，如在枝头，甚是悦目。

南瓜花的公花也不真是没用的。没有公花授粉，结不出像样的南瓜。

没有经过公花授粉的南瓜，长着长着就蔫掉了（不及孩子的拳头大，就蔫掉了）。

这世上从大自然里长出来的东西，没有白长的，都是有其作用的，只不过有些作用我们看得见，有些看不见。

给南瓜花的母花授粉，是需要人帮忙的。早晨，南瓜花刚摊开花瓣，采一朵公花，将花蕊对准母花的花蕊，轻轻点一下，再走到下一朵母花跟前，轻轻点一下，如此这般。做这活的时候，有一种奇怪的感觉，觉得自己变成了一只蝴蝶，在花朵上飞过来、飞过去，不亦乐乎。

蔬菜地里，但凡瓜类，都是些实心眼的家伙，不会偷懒，一到季节，每天都端出大片花来，花落之处，必挂着幼瓜。瓜见风长，长到挂不住时，就顺藤躺着，继续长，直到变老。南瓜如此，丝瓜如此，黄瓜如此，葫芦瓜也如此。

父亲喜欢种瓜，每样瓜都种，也不种多，一样两三株，种在前后院子里。搭上瓜架，让瓜藤爬满架子，爬到围墙上，这样既看了花，又吃了瓜。

瓜长得实在太勤快了，乡下的老房子，只有父亲、母亲两个人住，上顿下顿地吃，又当菜又当饭地吃，还是吃不掉，就坐车带到城里来，给我们吃。其实真不必，父亲坐车花的钱可以买几个瓜了，大热天的，搭车也辛苦，瓜又重，背着提着，满头大汗。

我和嫂子都说不要带瓜给我们，瓜又不贵，吃一点，买一点，还能吃个新鲜。父亲还是隔十天半月带一次。后来我们也不说了，就依着父亲吧。他不过是想看看我们，带瓜带菜，不过是个由头。

昨天吃的南瓜丸子就是用父亲种的老南瓜做的。嫂子挑了个癞皮南瓜送给她姐姐，她姐姐就将瓜蒸熟，揉烂，掺进冻米，捏成丸子，放热油里炸成油果子的样子。

嫂子的姐姐有一手好厨艺，年轻时住在乡下，乡间有了红白喜事，她都去帮厨掌勺。这些年年岁大了，住在城里，就只给家人做饭了。

嫂子常去她姐姐那蹭饭，有时也叫上我。但我口味偏淡，又不能吃辣，坐在一桌红油重味面前，提不起筷子。

美食这东西，也是因人而异，因时而异。口味不一样，或者腹中并不感饥饿，美食也就失去其美，而只是食了。

这南瓜丸子倒是很合我口味。虽是油锅炸出，却不油腻，也不过咸，冻米的口感很有韧性，南瓜的绵甜渗透其间。

南瓜丸子是嫂子特意送来的，送来时还热乎着，而我那会儿刚好不在屋。

我那会儿正提着相机在稻田边，正感到有些饿，收到嫂子短信：刚给你送了南瓜丸子，我姐按你口味做的，刚出锅，趁热吃。

板栗瓜和蜜冠

一个木头牌子，上书“板栗瓜，蜜冠”，看到这，会想到什么？

当然会想到瓜果类、甜的，很容易勾起人馋虫的美味。

不看下文，有多少人知道它们究竟是什么呢？想必不多。通常是这样，我们以为熟知的东西，仍有我们不知之处。

好了，不卖关子了，其实我也是才晓得，板栗瓜和蜜冠，它们就是南瓜。

昨天吃了南瓜丸子，写了一篇南瓜记，意犹未尽。今早去菜市，像被人牵着似的，走到蔬菜部，又买了个小小的南瓜。

卖南瓜的摊位上，就竖着这样一个小牌，“板栗瓜，蜜冠”，笔划雅正，有小楷之美。

原来南瓜还有这样叫法，很个性，又诗意。

对于买它们的人，这样的叫法很体贴，可以让人顾名思义，从而做出选择。

想想看，叫板栗瓜，那应当是有着如同板栗的厚实、香糯，是饱含淀粉的。叫蜜冠，自然是极甜的——既是蜜中之冠，瓜肉里肯定蓄满了金黄糖液，甜而黏的那种。

给南瓜取名叫蜜冠的是个诗人。即便他不写诗，不读诗，也是个诗人。

在日常生活里做个诗人，比在书斋里做诗人，有意思得多。

我买的就是板栗瓜，扁圆扁圆，瓜皮金黄，瓜蒂和瓜脐像被一股力吸着，向瓜心凹陷进去，个头虽小，提在手上却很有分量。

蜜冠的造型不是南瓜传统的样子，长条形，比冬瓜瘦，比丝瓜胖，更像黄皮菜瓜。

有很长一段时间，我都不拿正眼看这种南瓜，觉得它怪异，丑。南瓜就该是南瓜样，扁扁的、圆圆的，才好。皮上有一棱一棱的癞子，才好。

后来，父亲也种了这种长条形南瓜。秋天摘下来，堆在墙角，一座南瓜山，隔两天破开一只，炒着当菜吃，烀着当饭吃，又甜又面——这才改变了我对它的成见，从心里接受了它，虽长得不像南瓜，但确实是南瓜这一事实。

蜜冠南瓜瓜肉厚，瓤少，子也少，甜度高，适合做点心。

皖南冬至的时候都要做南瓜饼。

到冬至前，秋天收获的南瓜已吃得差不多了，剩下的那些也都趁着好太阳的天气，切成一圈圈的爿儿，套在竹竿上晾晒，脱去水分后蒸熟，再晒，直到晒成酱红色，可以冒充牛肉干的样子。

冬至后日头就短了，南瓜又不耐冻，突然冷下来，很容易就冻坏。地里长出来的食物，都是养人命的，冻坏了多可惜啊。

不让南瓜冻坏的方法，就是赶在冬至前晒成南瓜干。晒干就不用担心了，储存在坛子里、罐子里，吃的时候抓一把。晒干的南瓜吸收了太阳的味道，比新鲜的时候更香，吃起来更有嚼头，也更有回味。

不止南瓜，番薯也是这样，赶在寒冷到来之前，烀熟了，切成爿，日晒夜露，吸收日月的精华，做成只有民间才有的美味。

留下来做南瓜饼的南瓜可谓瓜中之王，也是南瓜家族中的遗老。

南瓜越老越甜，存放的时间越长久越甜。到冬至，南瓜的甜度达到极致。

将这一年中收获的最后一只南瓜剖开，掏去瓜瓤和子，削皮，切块，入锅烀至熟烂，盛起来，装入干净的瓷盆，捏揉成南瓜泥状，加入糯米粉、灿米粉，放入少量的盐，和匀，就可以做饼了。

南瓜饼可入蒸笼蒸熟，也可入油锅煎熟，或平底铁锅炕熟。可加入或咸、或甜、或素、或荤的馅料，也可什么都不加，蒸好出笼，撒一层炒熟的芝麻在饼上。

我喜欢吃蒸出来的南瓜饼，不加馅料，用一方荷叶垫着，叶的深绿衬着饼的金黄，托在手上，咬一口，纯正的南瓜甜味，淡淡的荷叶香和芝麻香，软糯弹牙。

皖南乡间有很多美食，都是用朴素的材料制作的，除了南瓜饼、南瓜干、番薯干，还有番薯角子、蒿子粿、艾粿、葛粉丸子、笋干豆、苞谷饼……

这些喂养了我们童年的食味，现在却很少有人做了，偶尔吃到，简直心颤，有隔着岁月与旧时光相见的悲欣交集。

南瓜饼倒是每年都能吃到，嫂子的姐姐知道我喜欢吃，每年都会留一个老南瓜在家里，到了冬至这天，做好了，让嫂子拿过来。一个人生活在这世上，之所以留恋，之所以感恩，就是因为这些朴素又有甜意的食物和朴素又有甜意的亲情。

辣辛一味

禅茶一味，辣辛也是一味。

古人有诗：辣辣辛辛一味禅。诗的作者是宋朝高僧，法号释心月。

高僧写的诗也叫偈诗，宣讲佛理，教人开悟。我是个糊涂人，不懂佛家的事，偶尔读些偈诗，也是从哲理诗的路子来读，云中窥月，似有所见，又不明所以。

从某个角度来说，辣和辛是同义字。辛就是辣，辣就是辛。但这两字又不能相互替代。比如辣椒，不能说成辛椒。比如辛苦，不能说成辣苦。然而，辛和辣却是可以放在一起组词的，意指“尖锐而强烈”。尖锐而强烈，比如痛苦、比如爱情。

忽然想写写辣椒。

在文档里打下辣椒两字，又有点犯怵，觉得自己是不配写辣椒的。一个不吃辣椒的人，对辣椒敬而远之的人，写辣椒，能写出个什么意思来？

我对食味并不挑剔，五味里，酸、甜、苦、咸，均可食之，没什么禁忌。唯有辣，说不明白什么原因，自小拒食，畏之如虎。家里人都是吃辣椒的，尤其母亲，饭桌上少了辣椒就咽不下饭，炒菜时不加一勺辣椒粉就说没味，要回锅，加辣椒再炒。孩子的口味都随父母，我从小跟在父母身边，却丝毫没有受他们口味影响，说起来也是不可思议。

其实，原因很简单。我家烧菜是分两个步骤的，菜熟了，先盛出一小碗，再放辣椒粉或辣椒酱，继续炒。那盛出的一小碗，就是给我吃的。这样做有些麻烦，但父亲不嫌麻烦。父亲看不得我被辣椒辣得涕泪横流的样子。

和村里别人家不同，我家围着锅台转的人不是母亲，而是父亲。母亲做事手脚慢，等她做饭，半夜也吃不上。

母亲对父亲这一做法——专为我盛出一碗菜的做法，是有异议的。母亲说，吃辣椒跟吃苦一样，吃惯了就不觉得了，越是不吃，越是怕。你在家里可以吃单独盛出的菜，出去了怎么办？出去了，没有人会单为你这样做，你不吃，你就只有饿着。

母亲说得没错，但我仍旧拒绝吃辣，一点点辣也受不了。对能吃辣、喜欢吃辣椒的人，我也想不通：那么让人痛苦受折磨的东西，有什么好吃的，为什么就顿顿离不了呢？

辣椒有很多种，有辣的，也有不辣的。辣椒辣不辣，从外形上就看得出来。尖而细长，那一定是辣得不得了的，不能碰。圆圆的灯笼椒不辣，这个我可以吃，喜欢的吃法是做辣椒鳖。

辣椒鳖和鳖没有关系，只不过形似，扁扁的，一只只趴在盘子里。辣椒鳖做法简单。夏日清早，去菜地，拣那青而圆的辣椒摘十几只，去除子和芯，入水洗一下。锅里放菜油，油热了放一勺豆瓣酱、蒜粒，将辣椒倒入，翻炒，用锅铲“塌压”。辣椒鳖炒得好不好，就在这锅铲塌压的功夫上，要将辣椒塌扁、塌熟，又不能将它塌得不成形状，塌烂。辣椒鳖半熟时，加盐，快起锅时，加些醋提味。父亲炒这道菜，还喜欢加半勺白糖。糖醋味辣椒鳖，也不错。

辣椒鳖里偶尔也会混入很辣的辣椒，不小心吃到，就像火山喷发，轰的一声，一股热流在口腔爆开，岩浆激流直冲脑髓。火焰在舌尖、牙龈弥漫，嘴皮子也着火了，赶紧喝水，没用，火的灼热已渗入皮下组织。喉管、食管、胃，几乎能听到它们疯狂喊救命的声音。

眼泪早就出来了，额头上的汗也出来了，鼻尖发红，鼻涕顺流而下，一脸狼狈。再看身边旁人，一个个仍吃得云淡风轻。哥哥很看不起我这么脆弱的样子，故意拿一碗辣椒酱出来，把辣椒鳖放进去，沾着吃，大呼过瘾。没办法，不是我娇气，而是确实对辣味太敏感，耐受力差。“汝之蜜糖，彼之砒霜。”

哥哥和母亲虽能吃辣椒，水平也只是一般，和真正嗜辣的人比起来，差远了。

村里有一位做豆腐的老人，八十岁了，每天天不亮就起床，点起豆腐坊的灯，磨黄豆。黄豆是头天下午泡在水里的，已经吸饱了水，变得胖大。黄豆磨好后，老人开始点火烧锅，滤豆渣，煮豆浆。豆浆煮开后，冷却一下，舀进木桶，点卤。

豆浆凝固的过程中，有一段空闲，老人坐下来，摸出酒瓶、酒杯，从竹篮里抓出几只生鲜辣椒——头尖身细的那种，倒上一杯酒，抿一口酒，咬一口辣椒，嘎吱嘎吱地嚼着。那辣椒在老人嘴里，分明不是辣椒，而是人间至味，是为他生命之炉添加的火柴。

我家每天早上都去豆腐坊打水豆腐，这活通常是我干。走进豆腐坊的门，看老人倚着灶台，仍在慢悠悠抿酒，很大声地嚼辣椒，满脸红润，一点也不像个耄耋之人。这老人有一个孙女，与我同年，也是很能吃辣椒的，常用辣椒酱拌饭，一碗白米饭，加三大勺辣椒酱，拌得油红金赤，别的菜也不要，就这样吃，一口一口往嘴里送。她吃得面不改色，我在一边看着，目瞪口呆。

能吃辣椒的人都叫“辣椒虫”，这是他们共同的外号。做豆腐的老人是“老辣椒虫”，他孙女是“小辣椒虫”。

然而，真正的辣椒虫是最不怕辣的，专吃辣椒，也只吃辣椒。辣椒还是株苗时吃辣椒叶；辣椒长出来，长成灯笼的样子了，辣椒虫就在灯笼顶上咬开一扇窗，钻进去，把辣椒变成它的大房子，趴在里面，吃啊吃啊，直到把辣椒心吃空了，才肯爬出来，换一只辣椒，再吃。

辣椒虫吃过的辣椒会在一夜间变红，仿佛启动了危机应急机制，要让自己迅速成熟，从少年直接进入成年。

很多果子都是这样。苹果是这样，枣是这样，柿子也是这样，不小心让虫子盯上了，钻进去了，唯一的应变办法就是缩短生长期，在极短的时间里变红，变甜，变柔软。

人也是这样，过早成熟的、懂事的，都是小时候受过苦的。

变红的辣椒，赶紧摘下来，还是能吃的，若没人理会它，过两天就会烂掉。内伤是看不到的，等看到时就晚了，来不及了。

夏天，放暑假的时候，每天早晚要去菜地拔草，捉虫子。那时没有除草剂、杀虫剂，都靠人亲手去做这些事。我不喜欢吃辣椒，但捉辣椒虫这活，还是喜欢的。

所有到野地里干的活我都喜欢，打猪草、挖野菜、捡柴火、摘野果……去野地里干活，其实是打着干活的幌子，去玩儿。

辣椒虫就是烟青虫，小小的、软软的，蚕宝宝一样，一点也不可怕，不像天牛和螳螂，明明是昆虫，却长着怪兽的模样。

捉到一只辣椒虫，不急于处罚它，把它放在手心，逗它玩。辣椒虫大约知道自己难以逃跑，干脆装死，在手心一动不动。也有可能是吓晕了，动不了了。

夏天那么长时间，辣椒一直在开花，长辣椒，摘一茬长一茬。没有人知道一株辣椒禾子上会长多少辣椒。入秋后，辣椒就停止开花了，长成的辣椒一天天颜色转深，翠绿转成老绿，然后转成紫，最后转成红。

辣椒的红就是火焰的红。“尖锐而强烈”的红，偏执的红。把它挂在门檐上，晒成干壳，还是这样红着。把干壳捣碎，磨成粉，还是这样红着。或者把它磨成酱，或者把它切成片，用盐腌，装在瓶子里，一年、两年，还是这样红着，不会红得更深，也不会变浅。

不久前看一档饮食类节目，说到辣椒的历史，才知道，原来它是蔬菜中的“海外移民”。

辣椒的原产地是北美洲，最早发现辣椒这种植物，将它驯化，引上餐桌的，是墨西哥的印第安人。

原来如此，怪不得呢，印第安人与辣椒，多么合拍啊，野性、勇敢、神秘、炽烈。一个民族的性格，与长期以来的饮食习惯，多少是有关系的吧。

人也是如此，一个人的饮食也会影响到性格，甚至会影响到外貌。食肉者与食素者，体格是不一样的；嗜甜者与嗜辣者，精神气质也会有明显不同。

我的性格是偏于懦弱的，好安静，不喜欢冒险；体质偏寒凉，畏冷，可能就和不食辣椒有关。

辣椒传到中国是明代以后的事，而之前，中国人说的辛辣，指的是花椒、姜和茱萸。明代到现在，不过六百多年，辣椒在中国已扎下不可动摇的根，成为餐桌的主要“燃”料，逼退了花椒和茱萸。

当你习惯并依赖上某种东西，就会被其左右，成为其奴。对食味的嗜好也是这样，我认识的人中有一位无辣不欢者，无论去哪儿，都随身带着一瓶“老干妈”，出国旅行也是这样，海关受检时麻烦重重。

“什么都可以不带，就是不能不带这个，没有辣椒吃我就会死呀。”她说。

我相信她的话，她的前生和今世，是一只地道的“辣椒虫”。

论起吃辣椒厉害的地方，人们通常会列举湖南、湖北、重庆、四川、贵州。这几地的菜系是辣的代名词，以辣味主打的菜馆遍布大街小巷，似要将天下人的味蕾驯服，统一为食辣族。

很奇怪，为什么安徽，或者说皖南没有被列入其中，这一定是个遗漏。在我看来，皖南人是典型的食辣族，早餐吃个泡饭、面条，必须要有一碟辣椒酱、腌辣椒片，或裹着辣椒粉的豆腐乳相佐。去酒店赴宴，无论上来多少道美味，最后上主食时，客人还是会低声问服务员：有辣椒酱和豆腐乳吗？来一点。

皖南人一到秋天就过起了辣椒节，摘辣椒、剁辣椒、腌辣椒、晒辣椒——小尖椒整只晒，大尖椒剪开晒，剪成片，摊在大竹匾里晒。空气里到处都是辣椒味，刺激得人不停地打喷嚏。

母亲嫌自家种的辣椒不够辣，每年都从樵山买新摘的红椒来晒。

樵山离我家有几十里地，海拔六百米，山高，坡陡，几乎没有平地。住在山上的人家，出门就是爬山，小孩子也是，刚学会走路就会爬山。不知道樵山的始祖是从哪里迁来，为什么要选择在这样陡峭、偏僻又贫瘠的高山上定居。

也许是环境的恶劣，生活在山上的人，比山下人更为勤劳。平地少，不能种稻米，他们就种茶树，种榧树，种玉米和辣椒。一方水土养一方人，只要植物能在那里生长，人就能在那里生活下去。

樵山的山岩多，土壤少，土里石子又多，个个棱角锋利。为了庄稼能有生长之地，山民就自制农家肥，堆灰肥——在秋天，草木枯萎时，一层泥土一层草的堆积，点火慢慢烧，烧成灰，再撒到地里。一年年下来，土质变松软了，黑黑的肥地里长出的辣椒，个大，头尖细长，颜色暗绿或艳红，泛着光泽。

樵山的辣椒我没吃过，没胆子吃，另几样，小时候都是吃过的，吃得最多的是香榧。

我父亲帮助过一位樵山老人，具体帮助过什么我也不知道。每年冬天，这位老人都会送两斤自家收的香榧来我家，送了近十年，直到去世。

老人送来的香榧也叫贡榧，据说以前是送到京城给王公贵族享用的东西，粒子小，壳薄而黄，一捏就破，露出里面玉白色、光滑油润的果仁。小时候不知道什么好坏贵贱，喜欢吃就一个劲地吃，不喜欢就不碰。老人送来的香榧大多叫我一个人吃掉了，没办法，只要吃第一颗就停不下来。直到很多年后，吃到别处产的香榧，才深刻怀念起樵山香榧。在我看来，同老人送的樵山香榧比起来，别处产的香榧简直是欺世盗名的“赝品”。

也是很多年后，才知道樵山人很少吃自己种的香榧，舍不得吃。山里人都是这样，越是好东西，自己越是舍不得吃。留着卖钱，换一年的生活费，或过年时待客，馈送亲友。

樵山人舍得吃的是辣椒和玉米。辣椒当菜吃，玉米当饭吃，天天吃，顿顿吃。住在山高林密的地方，温度低，湿气重，多吃辣椒可祛湿气，祛风寒。

我有位好友，初中时的同学，是住校生——从周一到周五住在学校，周末回樵山的家。回家时她总带着大大小小的空瓶子，返校后，瓶子都装满了，全是辣椒，腌的、炒的，还有掺了米粉油煎的辣椒饼。

辣椒真有那么好吃吗？忍不住问她，这辣椒究竟好吃在什么地方？她用六个字回答我：鲜辣、脆嫩、多肉。

鲜辣是怎么个辣法？还是不知道。

母亲的话后来果然应验。工作后，在单位食堂用餐，每样菜都用辣来调味，同事们吃得酣畅淋漓，只有我难以下箸。不食辣椒的我显得怪异，不合群。

我逼着自己去吃辣椒，让自己不要显得那么各色，与众不同。结果并不理想，除了把自己辣得五官移位，痛苦不堪，毫无收效。真是恨自己没用，也百思不得其解：为什么别人吃辣椒眉头都不皱一下，我吃就是上刀山下火海。

很久很久以后，在一本书中读到对辣椒之辣的阐释，才解开我长久以来的疑惑。

书上说："辣是五味中的一种，但其实它并不是一种味道。辣实际上是一种疼痛，是化学物质刺激细胞，在大脑中形成了类似于灼烧的微量刺激的感觉，而不是由味蕾所感受到的味觉。不管是舌头还是身体的其他器官，只要有神经能感觉到的地方就能感受到辣。而且由于每个人对于疼痛的感觉有所不同，也就有了有人怕辣，又有人不怕辣。"

我对辣味的感受是没有错的：辣是一种疼痛。我之所以畏辣，不过是由于痛感神经过于敏锐。

宾夕法尼亚大学的心理学家保罗·罗津说，世界上约有三分之一的人每天都在吃辣椒。原因何在？因为他们喜欢让舌头感受辣椒素的热情火焰——火烧火燎的感觉。

保罗说人类是唯一会去寻求某些消极刺激的物种，比如坐过山车或高空跳伞产生的失重感，看恐怖电影带来的恐惧、焦虑感，跳入冰水经历的生理疼痛，或观看苦情剧时伴随的悲伤感。

原来人之所以嗜辣，除了除寒祛湿，也伴有隐性的生理需求，和看恐怖片、伤感电影、寻求极限体验带来的刺激感、快感、宣泄感，如出一辙。

过了不惑之年后，我对自己宽容了很多。不想做的事就不要做，不想说的话就不要说。不想吃的东西，无论别人怎么说好，怎么劝，也不吃。比如辣椒，比如酒。

说到底，口味这东西，如同性情，是怎样就怎样，没有好与坏的分别，也无须强迫自己去做改变。

诚实地对待自己，舒服就好。

番馅的馅

番馅是什么？

先打个埋伏，不说它。

今早突然想起的一种食物，是去年此时吃到的，在临安天目山，芳名小香薯。

小香薯真是小，俊俏，手指一样细长，当地人也叫它手指薯。

但凡小的东西都生得秀气，让人怜惜。餐桌上初见小香薯时，就是如此，又欢喜，又怜惜，心里赞叹不已。

小香薯的味道也好，有板栗的香，豆沙的糯。因为小，拿在手里吃时也显得斯文，两根手指捏着，另一只手剥皮。皮薄，不黏肉，很容易剥开。剥好了，放进嘴里。嘴也不用张得太大，小口小口地咬着，自己都觉得太斯文了。

临安与皖南离得近，比邻而居，地貌气候也相同，皖南怎么就没这小香薯呢？

皖南长的都是大番薯，“硕大如颅”。个头一大，就显得粗笨。

见识少，就生不出比较心、分别心。以前也没觉得大番薯粗笨，见到小香薯后，心里有了对比，才生出这感觉。可见，有时孤陋寡闻并不是坏事。

也许见识再多点，把天下各种样子的番薯都见过、吃过，就真的没有比较心了。就像人生的第三重境界：见山还是山，见水还是水。吃遍天下番薯，见番薯还是番薯。

好了，该说说番馅是什么了。

番馅嘛，其实就是番薯。

番薯有很多的叫法，一个地方一个叫法，有叫它山芋的，有叫它甜薯的。北方人叫它地瓜，四川人叫它红苕，江西人叫它红薯。到了皖南，我出生的地方，番薯就叫番饴了。

如果你想查证，去网上找番饴的词条，是找不到的。因为，它是我，刚刚，在写这篇文章时，造的词。

准确地说，是从本地方言里，音译过来的词。

我出生的那个村子，就是这么叫它的。我的父母，我的邻居，都是这么叫它的：番饴。

多好听啊，番饴，一听就觉得甜，甜到耳朵眼里，甜到心里。

觉得甜，是因为番饴的饴。饴这个字，就是甜味的。

小时候吃过一种糖果，叫高粱饴，软软的、韧韧的，很筋道，外面包着一层糖衣——透明的糯米纸。我喜欢吃高粱饴，喜欢它的软和韧，喜欢糯米纸在舌尖上黏黏的感觉，但只有在过年时，才能吃到。

平常日子，家里是不买糖的。平常日子，想吃甜味的东西，只有自己去找：到山上找野果，到田里拔茅根。也去庄稼地里找，萝卜是甜的，高粱秆子是甜的，黄皮番饴是甜的。

最甜的就是黄皮番饴，又脆又甜，简直就是糖的化身。

但我家难得种番饴。我家虽住在村子里，过着和村民一样的生活，父母却不务农。他们有工作，从早到晚地上班，有时半夜还要出门，少有时间去种地。

当然，屋后的几畦菜地还是要种的，种的也都是小菜。番饴这种东西，似乎不在小菜的行列，在我家，它属于另一层次，可以有，也可以没有。父母忙碌的时候，也就没有了。

除了我家，别人家年年种番饴，大片大片地种，尤其是养了猪的人家。番饴种得多，番饴藤就多。猪最喜欢吃番饴藤，猪吃番饴藤也容易长膘。两相宜的事情。

养了好几头猪的人家，不光给猪吃番饴藤，挖出来的大个番饴也给猪吃，仿佛那些番饴是很低廉的东西，生来就是喂猪的东西。

真羡慕那些肥头大耳的家伙，它们多快活，能吃到番饴，把番饴随随便便当饭吃。而我若想吃番饴，就只能问邻居家的孩子讨，巴结她，听她差遣，然后满脸通红地讨两只番饴。

太低三下四了，讨番饴。不如直接去地里掏。

于是跟大人说去捡柴火，拿一根捆柴火的麻绳，去了梅坞。

梅坞离村子比较远，两边是山林子，林子下是茶园，也有庄稼地，一条浅溪就在庄稼地边上，叮叮咚咚地响。

庄稼地是我大伯家的。大伯家有四个儿子，一个女儿。儿子多，劳力就多，在山边开了很多荒地，种番饴、种黄豆、种萝卜、种白菜。

大伯家养的猪也多，比家里的人口还多，有大有小，挤在一个猪栏里，一到喂食的时候就更挤了，大声叫嚷，闹哄哄，生怕吃不到。

一到喂猪食的时候，大伯母就要骂，一边剁番饴藤一边骂，骂那不听话的猪，骂和小猪争食的猪。猪吃得多时骂它贪食，吃少了又骂它嘴刁。一堆小山样的番饴藤剁好了，掺进番饴饼，再掺进谷糠，拌匀，倒进几只猪食盆后，大伯母嗓子也骂干了，从番饴堆里挑一只黄皮红心的，削皮，嘎巴嘎巴大嚼起来，像吃一只脆梨。

大伯母的两手黝黑，洗也洗不掉。那是番饴藤的汁，沾在手上，时间一长，就渗进皮肤，变黑了。人家夸大伯母命好，多子多福。大伯母摊开黑黑的手，说福在哪儿啊？儿子多是多受罪，多一个儿子就要多盖一座房子，没有像样的房子，哪个姑娘看得上你家。

大伯家已有两座房子了，还是不够，没有别的办法，只有多种庄稼，多养几头猪，把猪变成钱，再变成房子。

梅坞的番饴地是村里最大的番饴地，地中间还搭了草棚子。大伯晚上就住在草棚子里，看番饴地。山里野猪多，野猪和家猪一样，喜欢吃番饴，把番饴地拱得不像样。

这么大的番饴地，掏一两只是看不出来的。其实，就算看出来，知道是我干的事，大伯也不会说什么，只会拿一只筐子，装一筐番饴，到我家，将番饴倒在地上，丢下一句，“给小鬼吃”。

小鬼就是孩子。我们村，把孩子都叫作小鬼。

大伯是个老好人。老好人都有好脾气，怎么样也不生气，你揪他的胡子，他也不生气，不着急上火的骂人。

“你大伯母那样不讲理的人，没有个‘憨瓜’配她，这日子就没法过了。”母亲说。

大伯给我家送番饴，是不能让大伯母知道的，知道了就要挨骂。大伯母和我母亲一向不对付，谁见谁都不顺眼。

大伯家种的番饴有黄皮的，也有红皮的。黄皮番饴脆甜，生吃好；红皮番饴淀粉多，熟吃好。

我一心想掏黄皮的，掏到了，就拿到小溪边，洗净，放嘴里啃，把皮啃掉再吃。啃掉的皮就吐在溪水里。溪里有很多鱼，背上花花的斑纹，见到我，呼啦一下不见了；见到番饴皮，又呼啦一下出来了，围着番饴皮打转。

若是掏到红皮的，就带回去，煮饭时丢进灶洞的炭火里，焐熟了吃。

我家有两年也种番饴，因为养了猪。

真是沾了猪的光，那两年，我也可以随随便便把番饴当饭吃了。焖米饭时，放两只切开的番饴在饭头上，饭焖好，番饴的香味也溢出来了。舀半碗米饭，搛一只冒着热气的番饴在饭头上，先吃番饴，再吃米饭。

中午家里不煮饭，就洗几只番饴，再破一只癞皮老南瓜，一起烀。番饴放在下面，南瓜放在上面，加半锅水，锅盖盖严，猛火烀。

在可以当饭吃的食物里，数番饴的香气最为饱满、甜美、浓烈、铺张，一点也不懂得含蓄，一点也不会节制。

番饴的香气刚涌出来，就要把猛火退掉，留半截柴火和一些红红的火炭在灶膛。柴火烧完，火炭烊成灰了，番饴就好了。此时的番饴会有股焦糖的香气，那是它体内的甜汁渗出——当然还有南瓜的甜汁，聚集在锅底，发出的气味。

闻着空气里热乎乎的焦糖气味，真是幸福。揭开锅盖，不急着吃那熟到酥烂的南瓜和番饴，而是将它们取出，放进瓷盆。

此时最让我期待的，是锅底那一汪焦红、稀软，黏稠到会牵丝的液体，要趁热，赶紧把它们盛起来，放进碗里。这是番饴和南瓜的精华，真正的饴糖，甘之如饴的饴。

见我那么喜欢吃番饴，母亲很不以为然。“看着胃就难受，冒酸水。”母亲说。

母亲不喜欢吃番饴，也不喜欢吃苞谷。说她小时候吃怕了，苞谷和番饴，天天吃，掺在野菜里，放一把米糠，煮稀饭吃，吃得肚子发胀，却不耐饿。

“两泡尿一撒就没了。”

不止苞谷和番饴，母亲对所有杂粮都不喜欢，有黑暗记忆。杂粮是苦日子的象征，是饥馑荒年。

“杂粮只能充饥，是救荒粮。只有吃米饭，才是人过的日子。”

母亲说她小时候最羡慕能吃到米饭的人家，看见人家孩子吃米饭，馋得不得了，眼巴巴地望着，盼着碗边能掉一团米饭下来。有一次，村里一个富农家的孩子，在自家门口吃饭，饭碗堆了尖，孩子没端稳，果真，一团米饭咕噜一下滚地上，她看见，赶紧跑过去，蹲下来捡。

但她没捡着，那个端着饭碗的孩子，天天都能吃到米饭的孩子，一脚踩在饭团上。

母亲无数次跟我说起这个情节，将这个画面反复叙述，嵌入我脑子里。

事实上，母亲整个童年都嵌在我脑子里——当然是由她讲述的，苦难又耻辱的童年。时常有种恍惚，觉得母亲经历的那些，也是我经历过的，仿佛我有两个童年。这两个童年就像两条长长的山路，有时重叠，有时交错，贯穿我过往的岁月。

母亲不喜欢吃番饴，却喜欢吃番饴粉丝。冬天，我家最常吃的就是番饴粉丝。粉丝煮汤，放一把小葱，或者粉丝炖咸菜，放一勺猪油，再放一把干辣椒壳，炖得满屋子香气。

做番饴粉丝要先洗番饴粉，洗番饴粉要用红皮番饴。

红皮番饴饱含淀粉，一刀切下去，刀锋就被一股力吃住了，动弹不得。好不容易将番饴破开，会看见里面的浆液，不停渗出，不停渗出，白白的，如同乳汁。

红皮番饴蒸熟了，吃的时候可要小心，要小口小口，慢慢吃，慢慢咽。性急的人不宜吃它，一吃就会噎着，哽在那里，脖子伸得老长，直打嗝，像吞了个大蛋黄，且是五香蛋的蛋黄。

这样的番饴，简直就是为洗粉、做粉丝而生的。

洗番饴粉时已是晚秋，天气转冷。母亲蹲在河边，手里拿一只丝瓜络，挨个搓洗那一只只壮硕的番饴，将红皮洗成白皮。母亲是个做什么事都异常仔细、异常认真的人。仔细、认真，是优点，但过度了，就是对自己的磨损，也会消耗过多时间。人生有限，经不起太多磨损和消耗。

洗了半天，总算将一堆番饴洗完了，母亲的十指惨白，也褪了一层皮。

洗好的番饴拿到碾米房里碾碎，再用一块老布裹上，在浸了水的大木盆里，反复挤压。水变白了，牛乳的白，米浆的白。

水越来越白，黏稠。裹在老布里的番饴只剩下渣滓。

接下来，就是沉淀。沉淀这词，包含着时间、安静、耐心、凝聚。让浑浊变得清澈，把不相关的东西分离出去，留下的，就是想要的。

番饴粉洗出来了，这时如果刚好是晴天，大人就会拿出家里最大的竹匾，晒粉。如果是雨天，就让番饴粉浸在水里。天气凉，番饴粉多浸两天没关系，不会变馊的。

洗番饴粉剩下的粉渣也要晒的。手里抓一团，压紧了，往墙上一拍，就像贴饼子。

这活儿通常由孩子来做，看起来像过家家。其实这活儿一点也不好玩，过了夜的粉渣已冻成疙瘩，伸手去抓，冰得手生疼。

往墙上拍饼子也需要力气，拍着拍着，手就震麻了。

为什么要把渣子饼贴墙上晒呢？墙上多脏。

不知道。反正这渣子饼是喂猪的，晒干了，能放得住就行，不用那么讲究。

晒番饴粉就要讲究多了，不能掉进脏东西，手也不能伸进去乱动。人吃的和猪吃的，还是有分别的。

粉晒干了，就可以做粉丝了，这要请师傅上门做，或者把粉拿到师傅家，换成干粉丝。我家没请过师傅，晒的粉少，请师傅上门划不来，不如拿去换。

但这样就没有粉角子吃了。

粉角子是做粉丝剩的边角料，热乎乎的时候可以直接吃，也可以放在咸菜锅里炖着吃。

粉角子剩得多，就把它切成薄片，晒干。过年时，用热沙炒花生、炒冻米，也把这粉角子拿出来炒。小小的粉角子经热沙一烫，打几个滚，很快就“发”起来了，蓬松了。

也有人家专门做番饴角子吃，大伯母就年年做，家里种的番饴多，晒的粉多，可以奢侈一些，变着花样吃。

将粉用冷水调成糊，放入垫了老布的蒸笼，上锅蒸熟，倒出来，冷却一下，用刀切，先切成条，再切成薄片。

薄片摊在竹匾里，晒干，存在罐子里，什么时候想吃什么时候炒。

大伯母调粉糊时，会在里面加入熟芝麻、盐，炒出来的番饴角子别说吃，闻着，看着，就能馋死人。过年去大伯母家拜年，什么都可以不吃，这番饴角子是一定要吃的。大伯母见着，抓一大把放我口袋里，“吃完再过来”。

后来，长大后，吃薯片。咦，那薄薄的薯片，不就是小时候吃过的番饴角子嘛。

“甘薯，二月种，至十月乃成卵。”这是《齐民要术》里的话。多简单的话，又简单又明白。

文字就是这样，可以化繁复为简单，又可以化简单为繁复。

真正种过甘薯——番饴的人，就会知道，这过程，可不是一句话那么简单。想想看，一种作物，种下去是二月春初，收获是十月秋末，经历了一年的三个季节，这中间，会发生多少事啊。

这世上每天都有很多事在发生——天上的事，地上的事，人间的事。这种种的事情，只需有一两件不顺畅，有变故，就会影响到庄稼的生长。还有那突然降临的灾难——冰雹、洪水、人间纷争，很容易就会摧毁它们。

几天前就听到这样的事，离我不远的村庄里，一大片番饴地，在夜间，被闯进去的挖掘机翻了个稀巴烂。

种它们的人，双手在泥巴里扒，扒出一个番饴，是烂的，再扒出一个，还是烂的，瘫在地里，大哭起来。

晚间散步时，听嫂子说起这事。身上一阵阵发冷，似乎听到了那些哭声，来自种它们的人，也来自那些被毁坏的、深埋的庄稼。

嫂子说，开挖掘机的是个小伙子，第二天跑掉了。

“没有挨过饿的人啊，不懂敬畏。他不明白，践踏庄稼就是践踏自己吗。”我气呼呼地说出这句，想骂粗口，又骂不出来。

已是白露的节气，温度明显转凉，晚间时常有雨，清晨大雾弥漫。

清早起来，洗漱完毕，照例拿着相机去野外，等雾散开后，拍野花，拍稻穗。

田里的稻子已经黄了，饱满得承受不了自己，深深地弯下腰，向着大地，那么谦卑的样子。路边种的番饴藤蔓缠绕，匍匐在地上，也是谦卑的样子。

再过不久，这些藤蔓上就会开出花来，紫色、白色，如同牵牛花的样子，挂着秋露，散发清淡的香气。

愿世界在花里变得安静、朴素又美好。

冬瓜之用

快到中秋了。嫂子开车，一起回乡，接父母进城过节。

进屋门，见堂前摆了一溜鼓鼓的麻袋，问是什么，父亲说是冬瓜，带到城里去吃。

“家里冬瓜太多，吃不掉。”母亲在一旁说，“今年冬瓜结得多，清明栽了五株瓜秧，到秋天收了四十多个冬瓜”。

那是够多的，四十多个冬瓜，摘下来能堆满储物间了。

对冬瓜，说不上特别喜欢，也不讨厌。一年到头，不吃冬瓜也可以，不会觉得怅然若失。天天吃、顿顿吃也可以，只要不是同一种做法就行。

冬瓜原本味寡、清淡，这是它的缺点，也是优点，使它具有更多包容性、可塑性，可以和多种食材搭配，做出不同风味。

袁枚所著的《随园食单》上，就有冬瓜的食法：冬瓜之用最多。拌燕窝、鱼肉、鳗、鳝、火腿皆可。袁先生是清代文人，也是真正的美食家，是美食爱好者、记录者，也是各路食材的知己。是的，只有成为食材的知己，懂得其特性，才能恰到好处地烹制，将短处变成长处，使其成为美食。

冬瓜是素中之素，宜与一切荤物同煮，这一点与萝卜相同。乡间人家，没有燕窝、鲍鱼之类，虾米倒是有的，火腿、腊肉也是有的，烧冬瓜的时候，可适量放一些进去。冬瓜最大的好处是，无论与何种荤物同煮，它都忠诚地表现其味道，不隐瞒，不篡改。与腊肉煮，冬瓜就是腊肉味；与虾煮，冬瓜就是虾味，将其鲜美发挥到浓淡相宜的程度。

冬瓜的烹调法也多，可炖汤，可红烧，可炒，可蒸。我家吃得较多的是冬瓜排骨汤、咸肉冬瓜汤、肉末烧冬瓜、海米烧冬瓜。没有荤物同煮的时候，就用酱油红烧冬瓜，也是不错的。略含粉质的老冬瓜，猪油下锅，加蒜、姜末、酱油红烧，起锅时撒一些细葱，红是琥珀红，绿是翡翠绿。

酱油红烧冬瓜，有点微酸味道，却是对我胃口的。冬瓜水分多，汤汁也多，用红烧冬瓜的汤汁拌饭，吃在嘴里，竟也有肉汤拌饭的滋味。

我还吃过冬瓜子，在很小的时候。那时大概四五岁，跟随在母亲身边，在一个名叫双坑的小村子里生活。母亲在那个村子里教书，时常还要参加村里的劳动。劳动的时候不能带着我，就把我关在房间里，炒一些冬瓜子在碗里，哄住我。

冬瓜子比南瓜子小，又不像南瓜子那么容易开口，我吃得很慢，一粒粒地咬着壳，剥出几乎见不着的仁。

一碗冬瓜子还没吃完，天就快黑了，母亲也回来了，见我还在咬冬瓜子，就说，小好吃佬，还没吃够啊。有一次，我将一碗炒冬瓜子咬完了，母亲还没回来，而天又黑得像锅底一样了。我在房间里哭起来：妈妈，冬瓜子吃完了，快回来。

真是奇怪，一说起吃，就会想起小时候。小时候没有什么美食，但有好胃口，吃什么都是美味。现在呢，再多美食摆在面前，都没有吸引力，看一眼就饱了。重油大荤更不吃，只有在荤中加进冬瓜、萝卜之类，才会伸出筷子。

冬瓜的另一个好处是，吃得再多，都不会使胃饱胀不适。在食物匮乏的年代，这是缺点，填不饱肚子。但现在呢，人们——尤其是城市里生活的人们，需要的不是饱，而是饿和空。让饮食过度的胃空下来，保持饥饿感，才会对食物有吃的欲望。所谓美味，就是饥饿时吃下去的第一口食物。所谓幸福，就是饿到腿软眼花时，坐在热气腾腾的食物面前。

父亲、母亲这几年住在乡下，都是吃自己种的蔬菜。听他们讲那些蔬菜的播种与生长，就像讲自己的另一些孩子，更能让他们感到牵挂、安慰和满足的孩子。有时我也会想，老的时候，就回乡下来住吧，在父母种过的地上继续种植，让根回到童年生活的地方，回到与泥土无比亲近，有着朴实的胃口，很容易就感到满足的时候。

晚秋檐角的悬铃

父亲种了大半辈子蔬菜，种佛手瓜还是头一遭的事。

当父亲跟我说他种了佛手瓜时，我有些疑惑："佛手瓜，没见过啊，能吃吗？"

"能吃，好吃得很。"父亲说。

瓜种是父亲问老郑讨来的。老郑是父亲的老同事，退休后，在近郊挖了几畦菜地，起早摸黑看在地里，施肥、育苗、浇水、除草，比上班还尽心。蔬菜成熟时，每天能摘回一大篮，除了自家吃的，还有多余，就送给邻居亲友，很有成就感的样子。

父亲先是得了老郑送的几只佛手瓜，吃着觉得不错，索性讨来瓜种。

我没见过佛手瓜，只在《红楼梦》里看过对佛手的描述，记得是刘姥姥带着板儿二进大观园的那一回，在探春屋里，紫檀木的架子上，板儿见到十余只佛手盛在盘中，"娇黄玲珑"。但我记得探春说这佛手是不能吃的，只能玩玩，闻个香气。

也许不是同一种东西吧，佛手和佛手瓜，只是长得相似而已，就像芭蕉与香蕉。

父亲种佛手瓜似乎并不顺利，清明时把瓜种下到土里，入秋了，还不见动静，只一个劲儿地爬藤长叶，搭起一片绿荫。

“过半个月，再不开花就拔掉，省得占着地。”父亲显然有些失望，又不甘心，种了大半辈子菜，对这佛手瓜却是一点经验也没有，不知哪里出了问题。

我家菜地在乡下，屋子后面一片，山边一片。小时候家里吃饭的人口多，又养了家畜，菜地总是不够种，一季菜下市，紧接着种下一季，没有空下来的时候。现在呢，只有父母两人常住乡下，偶尔几只鸟雀飞来蹭个食，再没有需要喂养的，收下的菜蔬瓜果堆在储藏间，根本吃不完。

“少种一点，菜种多了人也跟着受累，又吃不了那么多。”我对父亲说。

父亲完全可以不用种菜的，像那些退了休的人一样，打打牌，享享清福，饿了就回家做饭。不用发愁没菜吃，村里每天都有流动商贩驱车而来，菜市场里有的，车上都有，也新鲜。

“买的菜哪有自家种的好吃呢，菜叶子上连个虫眼都没有，都是农药喂出来的。”

父亲说的没错，买的菜是喷过药的，味道也没有自己种的好。

不过父亲种菜更多还是出于劳动者的习惯，有菜地空在那里，就得种上点什么，就算不为吃，也不能让地抛荒。

“种菜哪里会累人的，干了活，吃饭也会香一点。”父亲说。

在土地上劳作惯了的人，对土地会有一种物质之外的依赖，种在地里的菜就像一群孩子，需要父亲照料的同时也陪伴了父亲。

人是需要陪伴的，陪伴就是建立相互需要的关系。这陪伴有时来自同类，有时也来自动物和植物。陪伴付出的是时间、精力与情感，获得的是精神上的愉悦。

写作也是出于陪伴的需要。所写的文字，无论是小说、散文，还是诗歌，书写它们的过程，就是与之相互依赖的一段生活，其间有纠缠、烦恼，也有沉迷，并且具有排他性，就像爱情。

阅读也是陪伴。年轻时读的书大多是世界名著，这样的阅读就像一次私奔，由书带领着，进入陌生的时代和生活场景，经历一场场的爱与痛，生与死。现在，很少再看那些大部头的小说了，更喜随笔类，有作者的私人气息在里面，也不急着读完，想起来时就翻一翻，就像是“君子之交”的朋友，安静地陪伴在身边。

母亲以前也是种菜的，这几年腰腿痛得厉害，不能弯腰下蹲，就把菜地交给父亲了。不过母亲仍旧有自己种养的东西：前院的花台，后院的十几只花盆，就由母亲侍弄着，一年四季，花开花落，成了母亲最关心的事。

佛手瓜也种在院子里，前院和后院都有，和母亲的花花草草种在一起。母亲对这几棵佛手瓜很有意见，觉得父亲是上了当，简直白费工夫。哪有瓜长了大半年，连一个花苞儿都没有的。清明时下种的黄瓜、丝瓜、葫芦瓜、瓠瓜，梅雨季过后就纷纷开花结果了，吃了整个夏天。南瓜和冬瓜也是清明下种的，到秋天也都有了不错的收成。

母亲对父亲抱怨过好多次，说佛手瓜藤太密了，霸占了院子里的太阳。今年的花草就长得很不好，无精打采的。阳光不足，怎么能长得好呢？

母亲抱怨的时候，父亲就不作声，或者到菜地里去。母亲见父亲不回应，更生气，简直想亲手把瓜藤给拔掉。

中秋节前，父亲和母亲一道进城，在城里住了几天，过完节又回了乡下。两天后，父亲打来电话，声音大得像在嚷嚷：“丽敏，佛手瓜开花了，好多好多的花，瓜也结了不少，青绿的，毛茸茸。”

我一迭连声说：“好啊，好啊，幸亏没拔掉瓜藤。”

“再过个几天就有得吃了，回家来摘啊。”父亲喜滋滋地挂了电话。

接下来连着下了十多天的雨，等雨歇下来，已是晚秋。周末和嫂子驱车回乡下，刚一进门，就被母亲叫到后院，“丽敏，你不是喜欢写植物吗，快来看这佛手瓜……”

果然，后院的低空领域已被佛手瓜的藤蔓占满，抬头就碰着。藤蔓上，每隔四五寸的地方就有一处枝节，每个枝节上又都伸出两根细细的花茎。母亲指着花茎告诉我，那开着一串花儿的是雄花，不结瓜，那单开一朵的才是结瓜的雌花。

雌花很容易辨认，后面都有小小的瓜儿，就像父亲在电话里说的，“青绿的，毛茸茸”。真是有意思，雌花与雄花如同双生，开在一处，就像水禽里的鸳鸯，双双对对的出没，这在之前还真没见过呢。

“你看这长成了的瓜，像菩萨合起来的手掌吧。”母亲把自己当成向导，指给我看了花，又指给我看瓜，完全忘了之前说的要拔掉瓜藤的事。

“家里已吃过十几只了，昨天还摘了三十多只瓜送给村里人家。”母亲说。但是这藤上分明还挂着几十只瓜呢，都是已经长成的，青绿色，如成人的拳头一般大，而非《红楼梦》里说的“娇黄玲珑”。

在我和母亲说话的时候，头顶还有一种声音，不停地响着，嗡嗡嗡，嗡嗡嗡，是野蜂。母亲说这些野蜂每天天不亮就飞来，在院子里采蜜，也给花儿们授粉，“只有授过粉后，雌花上的瓜才能长大，没有授过粉的，很快就会蔫掉”。

抬头看着那带着幼瓜的雌花，近乎透明的黄绿色，虽说只有指甲盖那么大，造型却精致，如同挂在晚秋檐角的悬铃，风一吹，就能发出叮叮当当的梵音来。

辑三

春天的十一个瞬间

CHUNTIAN DE SHIYI GE SHUNJIAN

春天最早开花的树

不知道别的地方什么树最早开花，不同的地域和气候，植物的生长也是有区别的吧。在皖南，或者说在太平湖边，春天最早开花的树就是黄檫了。

黄檫树开花的时候是很醒目的。黄檫树个子高大，枝丫又多，当它举着满树的黄花站在湖边时，由不得你的目光不朝它望去。

黄檫树的花开在雨水的节气里，被人发现的时候是在雪后的晴天。“看啊，黄檫树的花都开了，真到春天啦。”第一个发现黄檫树开花的人是幸运的。第一个发现黄檫树开花的人就是第一个看见春天的人。

黄檫树的花最初只在枝头上露出一星星的黄，每过一天，那一星星的黄就长大一些。等雨水停下，雪停下，太阳的光点照过来时，那些黄星星就呼啦一下膨胀，燃放了，一簇一簇，满树黄灿的烟花。

湖边漫山遍野都是黄檫树，从二月到三月，到四月，放眼望去尽是黄灿灿的烟花，长久地燃放，寂静又喧哗，湖边的春天因此有了别样的声色。

几年前——有八年了吧，曾写过一篇《黄檫叶儿红》的短文，一位细心的文友在网上读到后给我留言，说他把黄檫两个字放到百度里搜索，跳出来的相关文字都是我写的，也就是说除了我叫它黄檫，这个世上再也没有人这样叫它了。

黄檫这个名字当然不是我发明的，我只是沿用了本地人对它的称呼。一直以来我对植物的认知仍停留在小时候的经验里，它们就像我生活过的村里的邻居，很多年过去了，我早已离开了村子，却仍记得邻居的面孔、声音和用方言的口音叫出来的名字。

黄檫的实名叫檫树——这是我后来才查出来的，属樟科植物，落叶乔木，特点就是高大，《中药大全》里说它“幼时树皮黄绿色，平滑，老则变成灰褐色，有裂纹；幼时有毛，后渐脱落”。一棵树的生命历程和一个人、一只动物没有什么区别，皆是由平滑的幼年过渡到裂纹纵横的老年。

黄檫是先开花后长叶的，走在春天前沿的花树都是这样。比如梅，几天前还是极具骨感的瘦矍模样，仿佛还沉酣在冬眠的长梦中，只是隔了一场雪的工夫，再看那树，就整个地换了容颜，传说中的“摇身一变”也不过如此吧。

黄檫花的颜色最初是接近绿的乳黄，不招人眼，等花萼将花穗儿全部吐出来时，花朵就变成了太阳的颜色，有明艳灿烂的意味了。

黄檫花开在每根树枝的顶端，这是很有意思的。黄檫树有那么多的树枝，每根树枝上又分出更多的细枝末节，花朵就在枝头站着，人在树下仰头看，觉得它们分明是树枝举着的小拳头。一棵树举着那么多花朵的小拳头，多像是在“复仇”——向身后的冬天，向整个寒冷、荒凉而又孤独的季节“复仇”。

与人烟同居的树

甘棠镇到太平湖的路程不过十几公里，沿途的村落倒有五六个，凤凰村、民主村、十里山、富岩坑、曹家庄，转过一道山就是一个村子，转过一道山又是一个村子。

村子都不大，三五户人家，或十几户人家。白墙黑瓦的房屋错错落落，一侧依傍着柏油马路，一侧依傍着山或向西而去的河流，在四季悄然的更替中生息着，安静吐纳人间的烟火。

村里的房屋大多是徽派民居的样式，构造简洁，屋子不大，屋檐也不高，有前后院子。院子倒是挺大的，在公路上看不到院里的细节，只能看到伸出院墙的树。

也有一些人家的院子是没有院墙的——树就是他们家的院墙。房屋边种上一些梨树、桃树、杏树、苹果树、梅树、李子树、樱桃树、柿子树、枇杷树、桂树……树与树的间隔不近不远，像保持着适度距离的芳邻。

因为这些树，朴素的村落就有了旖旎的风情，就成了路人眼中不断变化的风景。花开时看花，果熟时看果，花和果都没有的时候叶子也是很好看的，特别是梨树和苹果树的叶子，晚秋时节仍挂在树上，那么炫目，更像是另一种风味的果子。即使是门楣旧陋的房子，只要屋前屋后有几棵能开花结果的树便可入画，天然、守拙，比那新式的小洋楼更为可观。

这些与人烟同居的树里最早开花的就是梅了。种在屋边的梅树并不高大，只比人略高一头，大约是被主人几番修剪过吧。横斜伸出的枝丫却很多，又多又密，小丛林一样，几十只麻雀在梅枝上蹦来蹦去，你追我，我追你，可以玩上大半天。

立春之后地气便上升了，梅树的根茎是极敏感的，最先感受到泥土之下轻微的萌动，试探着在枝头上吐出几枚白色骨朵，若是天气晴暖，就又吐出几枚。但是雪很快就来了，仿佛是要给这么早开花的梅树一些威慑，不容分说地铺盖下来，将梅树封住，把刚刚向前迈了半步的春天又拉回到寒冬。

好在春天的雪只是匆匆的过客，不会在枝头驻留多久。等雪停时，再看那梅树，花骨朵仍然好端端的，只等着一阵轻风过来将它们吹开。

雨水的节气很快就到了，村子里的梅花这个时候开得最为恣意，在柏油公路上隔着车窗看那些梅树，真疑惑是一团团的白云浮在村里——那么轻柔、安静，恬淡中又自有一种浓烈。

山樱花香

进入三月，空气中的花粉变得密集起来，眼前看不到花，花的香气却无处不在，特别是清晨和傍晚，独自走在湖边的某条路上——甚至在开阔的停车场上也是如此，香气缭绕在鼻息间，绵绵不绝，让人疑心空中有一个隐形的芳香加工厂。

这香气来自不远处的山间。

惊蛰前后，皖南的山间开得最热闹的要数山樱花了，无处不在的芳香便是它们制造的。不过用热闹这个词形容山樱并不准确，无论山樱花开得如何盛大，盛大到绚烂，与之面对时感受的仍是心如止水的安静，仿佛与一个恬静之人平淡的相处。

山樱花之所以给人安静感，与它素淡的颜色有关吧。山樱花的颜色是一种不经意的粉红，近似白，开在向阳处的山樱花又更淡一些，几乎就是纯白色了。三月的阳光已有些力度，打在花树上，那花树便化成了一团白焰，燃烧着，还是那么安静。

皖南的水土与气候是很适合山樱生长的，山上、河边、路旁，处处都有山樱秀逸的身姿。当然，不到开花的时候很难发现它们，在一年中的初春——雨水和惊蛰的节气之间，人们才会突然发现，原来自己的周围有这么多美丽的、“没心没肺”开着花的山樱。

令人难过的是，人们对美丽的事物有时并不是抱着爱护的态度，而是戕害，哪怕面对的是一棵正在盛开的、芳香四溢的花树。

说这话是因为想起两年前看见的一幕，也是初春时节，山樱花赴会一般开起来的时候，当我握着相机沿着公路向曹家庄（太平湖边的渔村）的方向走去，却看见一棵山樱披着满树的花朵横卧在路间。这棵山樱花树是刚刚被人砍断的，原来生长在路边的小山坡上。它生长在那里已有不少年头了——在我来太平湖之前就在那里了。每年三月，当我路过这棵山樱时都会走过去，仰头看它的花枝，花枝上的花朵是精致而优雅的，也是单纯的，一簇簇开得那么密集，却丝毫不让人感到压迫和累赘。在我的印象里它也是离我最近的山樱花树，近到我踮起脚、伸出手就可以触碰到花枝，可见这棵山樱树对人类是多么信任，毫无防备之心。现在却被人砍倒了，因为这片山坡已被开发商买下了，已成为将被挖掘机推平的工地。

倒在地上的山樱花树并没有迅速死去。它的死是缓慢的。它体内的生命还在挣扎、流动，以全部的，也是最后的能量打开未放的花朵，释放出所有的，也是剩余的香气。这棵正在开花的山樱树，它是不甘愿把香气封锁在就要变成枯木的躯体里吧。花的香气就是花的灵魂，它要在死去之前把灵魂释放出来。

山樱花树的香气流淌在公路上，真是浓稠啊，我几乎能看见花香匍匐在地上，滚动着，四处奔溢的样子。一直到第二年、第三年，当我在这个时节走在那条路上，意念中仍然能闻到那种沉甸甸、不肯散去的香气。

一茬茬的花事

今年春天的气候和往年不同。往年春天多雨水、湿冷，山樱花从开到落几乎都经历着雨的洗礼，而今年的山樱花一直开在阳光里。天气太暖了，暖得街头的服装店把薄衫短裙都挂出来了，让人产生已到夏天的错觉——翻开日历一看，正月还没过完呢。

三月的第二个周末之后正月过完，此时路上的山樱花已开至尾声，落幕了。黄檫花还在开着，一如既往地在枝头举着烟花，颜色褪淡了不少。黄檫树身边有同样开着淡黄花的灌木和藤蔓，花朵微香，小而精致，叫不出它们名字。

春初之时开在山野的花大多是轻淡颜色的——淡粉红、淡黄、淡白，香气也是淡淡的，不愿惊动什么，轻悄地到来再轻悄地离开。地面草花的颜色倒是深一些，也纯粹，比如紫花地丁和婆婆纳。婆婆纳每一朵细花里都藏着一个纯蓝的宇宙。

直到桃花开时山野的颜色才深起来，妖娆起来，就连白色也是妖娆的白。春天这位画师，在这个时候才肯放开笔墨，笔尖上的墨汁也蘸得浓了。

一茬茬的花事使春天像一个众星演绎的舞台：梅花退下去后山樱花上场，山樱花退下去后桃花上场——看不见桃花脚步的移动，眨眼的工夫她便已在舞台中央，一个亮相，全场惊艳。

桃花刚赢得第一个喝彩，梨花紧跟着也上来了，不甘落后似的，这时舞台上还站着白玉兰、红叶李、迎春花……舞台上同时站着这么多的明星，观众席的看客难免会乱花迷眼，不知道往哪里看才好。

与桃花同时开的还有油菜花。

油菜花的黄才真是黄啊，那么浓郁，简直要溢出春天的堤坝。怪不得黄檫花看起来像褪了色，有油菜花的黄在那里铺张着、流漾着，之前开的黄花们难免逊色几分了。

落叶乔木的新绿

三月过半，皖南的雨水渐稠，雨大多下在夜里或午后，其间伴有雷声，古人将这个时节的雨称为“催春雨”。

催春雨连下了几场，桃花和玉兰便纷纷辞枝，满地碎瓷片似的花瓣，有凋谢的决绝之美。

落叶乔木的新绿此时则星辰般璀璨起来，在雨水的冲刷中越发显得精神。

看落叶乔木的新绿在春分前后最好，不拘阴天、晴天，只需起得早一些，择一条依山傍水的道路，或驱车，或步行，缓缓地走进去。

皖南路边常见的落叶乔木多为水杉、枫杨、银杏、悬铃木、枫香、槐、苦楝。它们中有些和道路同样岁数，是人工栽植的，比如水杉、悬铃木。有些则比道路年长许多，在有道路之前就生长在那里了，比如银杏、枫杨、枫香。落叶乔木分立在道路两边，闲散而有序，彼此隔着几臂宽的距离，这样的距离使得它们能够亲密地交谈、相处，又能够保持各自独特的形态，将枝丫不受拘泥地伸展出去。

枫香和银杏是落叶乔木中的名士，一条道路有了它们便添了不少况味，叫人惦记，并在春秋两季流连。

枫杨和悬铃木的新绿适宜在雨后的清晨看。蜜色的阳光遥遥地穿过山巅，将光束打在路边的一株枫杨上，那枫杨顷刻令人目眩起来，仿佛获得了神性，静静聆听，能听到每片新叶发出的天籁。

落叶乔木中数水杉的身材最为修直，枝丫细密均匀，吐出来的新绿也颇成气候，氤氤氲氲，远看犹如深浓的绿雾，置身其中，抬头，便觉得整个天都绿盈盈的。

落叶乔木中也有说不上名字的古木，也看不出它们的年龄——总有几百岁了吧。树身粗壮，色黑，像被雷电劈过，枯死多年又复活过来似的。在头顶举起几簇细枝，细枝上的新叶艳若春花，打眼看有些突兀，再看便觉出了对比的美感——像粗拙的土陶瓶里插着三两枝新蕾。

有几棵古木的腰枝上还缠着一些枯藤，春分之时这枯藤也发了新叶，半拥着古木，又跌垂下来，风一吹便不住地摇摆，绿得人心里发颤。

春天的野菜宴

春天堪称独怀绝技的美味大师，没看到她怎样忙碌，便用各色花树在山野摆开一场场的视觉盛宴。与此同时在大地的低处，那些不起眼的角落里，又为味蕾布置下风味十足的野菜宴席。

春天的野菜宴上最早端出的是荠菜和马兰头。荠菜在立春前就有了。岁末的最后一场雪还没消融呢，荠菜嫩生生的脑袋就钻了出来，张望着地面，好奇又勇敢。荠菜虽是野菜，却喜欢屋前屋后菜园子的环境，和家种的大白菜、青菜长在一起，仿佛是与之结拜的异族姐妹。荠菜也喜欢牛羊们经常散步的田野，把齿形的叶子向四下里摊开，与地面紧贴，这样即便受到踩踏也不会有致命伤，顶多向解冻了的泥地里陷进一些。

荠菜在三月开花——白色碎米粒样的细花朵儿。荠菜开花时马兰头正式现身在野菜宴上。马兰头是喜群居的，总是大片大片向田埂拥簇，有时整条长长的田埂被它们挤满，挤不下去，便侧着身子向两边蔓延。如果有一只春天的蚂蚁想穿过田埂到对面去，一定得走到初夏才能走出马兰头的国度，而那时马兰头差不多也已开花——淡蓝色的、朴素又优雅的田边菊。

惊蛰一过，皖南雷雨的日子就多起来。那雷雨很会替人着想，总是下在夜里。雷声的脚步轻踏在云端，怕惊扰了睡眠中的万物似的，偶尔不小心碰着什么才弄出稍大一些的声响。天将亮时雷雨止歇了，山间乳雾飘逸，竹叶和新长出来的树叶上悬着盈亮的雨滴，吸足了水的地面湿漉漉的，随时要冒出一眼清泉的样子。

地衣就是此时亮相于野菜宴的。地衣的模样酷似木耳，和木耳也算近亲，有的地方干脆就叫它地木耳。又因为它的质地湿软，捏在指尖滑腻腻的，村里老人便叫它“鼻涕菜”。说是雷公在天上擤下的鼻涕长成了它们，听起来真是有些不雅，但这无伤地衣美味的吸引力。三四月里，一拨一拨的村民会被味蕾的记忆提醒、牵引，挽着小竹篮去采地衣。地衣是喜潮湿的，长在背阴的泥洼地里，像墨绿的毯子平铺在地面。采地衣是很有意思的事——采所有的野菜都是很有意思的事。因为蹲着，离地面近，便可以看到平常看不见的秘密与趣味。这秘密与趣味属于低处迷人的小世界，属于置身自然便清澈和快乐起来的心与眼睛。

采地衣时经常会遇到野水芹。野水芹的模样和地衣完全不同，习性却是相近的，也喜潮湿。泥洼地、池塘边、河边，是野水芹偏爱的落脚地。野水芹就像那些长在深山里的俏姑娘，水灵灵，天真无邪，又那么葱茏，绿绿的一片站在你的眼前，教人心里涌起温柔的怜惜，简直不忍心去采了，只想坐在一边的石头上，安静地看着就足够了。

野菜宴最丰盛的时候是春分之后，清明之前。此时山间的草木已出挑得蓊郁丰美，就像人生最青春的时光，充盈着蓬勃的、几乎要席卷一切的生命气息。

这个时节走到山间野郊，随处都能遇见芬芳鲜美的野菜：蕨、笋、蓬蒿、苦荬菜、鱼腥草、地丁菜、马齿苋……只要缓缓地沿着一条寂静山路走过去，便能与它们一一相见。

和马兰头一样，大多数的野菜到了五月便纷纷开花。开了花的野菜就是老了，不能再吃，这时在田野遇到没及膝盖的它们会有些迟疑，不敢相认：多么好看的野花啊，是当初那小小的、贴在地面的野菜开出来的吗？

油菜花之约

还没到三月，住在省城的婷芳便打来电话，询问油菜花事的讯息。我说：“还早呢，油菜花的花苞还青涩着。”她说：“那你多留意，油菜花开的时候通知我吧。”

没等我的电话过去，几天后她又发来短信，不放心地问：“天气这么暖了，油菜花还没开吗？”

“别急嘛，等油菜花开得最盛时会告诉你的。”我回道。

也许是常年住在皖南山区的原因，我对油菜花事不像住在省城的婷芳那么上心——简直像迷恋一个人那样放不下。对我来说油菜花就像是童年认识的伙伴，我们在说着同样方言的村子里生活、游戏，一年又一年，熟悉得如同家人。后来随着长大，虽隔得有些远了，每年春天还是会在必然相遇的村路上碰面。

油菜花的颜色和气味是具有侵略性的。童年的时候我就这么觉得，太强烈了，简直有些霸道，只要置身其中便会被其所俘，没有抵抗的余地。但这并不影响我对油菜花的亲近，我甚至很愿意被这样的芳香侵略，在它席卷一切的气势里体验着眩晕的快乐。

相比之下，开在水边的油菜花要温婉一些。水赋予了油菜花诗意的优雅，特别是在清晨的曙辉中，油菜花和它的倒影虚实相映，静寂又流丽。

古村落的油菜花是最可入画的。古村落房子的墙面大多为灰白色——连体的灰白、斑驳的灰白，或高或低地覆着黑瓦，再被屋檐和马头墙的线条分割，仿佛三十年代黑白电影的场景。而油菜花的金黄犹如华美的底色，恰到好处地映衬了这片古旧的灰白，勾勒并突出了村落的素朴之美。

油菜花的花期是很长的，有三十天，开得最盛时有半个月。光照足、地势又开阔的地方在三月初就开了，一直开过了清明才收势。清明之后再看这片油菜花地就是星辰寥落的样子了，密集浮起来的是青色的籽荚，此时的油菜已长足了身形，齐胸高了，而它才开花时不过比膝盖略高一些。

“是时候来了，油菜花已开到我家后门口啦。”

当婷芳在三月的第三个周末终于等到我的电话后，连叫几声“耶”。我几乎能看到她开心得跳起来的样子。当天中午她便把早已准备好的行李箱放到车上，必不可少的还有一台单反相机。

接下来的两天我不断收到婷芳发来的短信，报告她的位置和沿途看见的景致，后来我把婷芳短信里的地名理了下，线路基本是这样的：合肥市—黄山市黄山区太平湖—黄山市黄山区甘棠镇—黄山市黄山区南大门的汤口镇—黄山市休宁县三棵树廊桥—黄山市黟县的协里、塔川、宏村、卢村—黄山市黄山区西大门的焦村—黄山市黄山区甘棠镇—合肥市。

在黟县的卢村，婷芳给我发来一首名为《油菜花之约》的诗歌。

春天，大地原始的欲望高涨。香气弥漫，无止境。年轻的芳草、古老的村落，美到绝望与窒息。如同爱、如同供奉生命的礼仪，彼此占有，也彼此献祭。在生与死的边界上癫狂到极致。金色的生命永恒。

梦子，或野草莓

野草莓开花了
三月洁白
野草莓落花了
四月青涩

野草莓红熟了
五月之前
野草莓采摘了
你来之后

到了四月末尾，湖边的堤岸随处可见一种红色野生浆果，本地人把这种浆果叫作梦子，长在矮灌上的叫树梦子，席地而长的叫地梦子。

梦子其实就是鲁迅在《百草园》中提过的覆盆子，蔷薇科悬钩子属植物。梦子是覆盆子的中文别名之一，此外还有山莓、茅莓、四月泡、牛奶莓、野草莓等别名。

我是土生土长的本地人，对这浆果的叫法当然就是梦子了。在它众多的别名里也很喜欢野草莓。野草莓的称呼里有甜美的味道，像心爱之人的昵称，低声唤着，胸口便荡出一股蜜意。

梦子是习惯群居的植物，就像习惯了族居的古村落，总是抱着团儿地繁衍。树梦子是落叶小灌木，偏爱向阳的山坡，有时整片山坡被其占据。地梦子是草本植物，选择的落脚地也有着草的随意，溪边、路边、茶园、古桥边，或没心没肺地挤簇在墓地里。

梦子开花在三月中旬，花朵为白色，五枚圆卵形花瓣，中间簇生着雄蕊和雌蕊，皆为淡绿色。梦子的花萼也是淡绿色，小小的长卵形，五枚，托着花瓣，一副体贴入微的心肠。

梦子的小白花最长能开上十天，之后花瓣相继辞枝，留下青色幼果。托着幼果的还是那小小的花萼，依然一副体贴的心肠，仿佛负着使命，郑重看护着怀里的幼果。

梦子的枝蔓上是有细刺的——蔷薇科的植物大多都有细刺。细刺是植物为了保护花果而备的利器，这利器虽不能阻止饕餮者对其色味的掠取，多少还是起了一些警告的作用吧，也给自己的生长壮了些胆。

节气到了谷雨，春天就打点行装，准备告别这一年的人间了。告别总是有点悲伤的，一步三回头，因此到谷雨，皖南会有持续的雨水，气温会骤然降低，甚至起了霜冻，让人不知所措——不明白季节是往夏天走，还是倒回了冬天。好在雨水并不会无边无沿地落下去，三五天后，雨歇了，天晴了，暖了，这时携相机到湖边或稍远的野外，发现不久前还青黝黝的梦子全都红了、软了，浆汁饱胀，颤巍巍地悬着，仿佛用力看上一眼，便能令其坠落。

春色正中分

连着下了几天的雨，春分这天，雨势收住了。

清晨出门时，还是往提包里塞了一把雨伞。皖南春天的气候是变幻莫测的，不知道什么时候雨点就会落下来，像一个青春期的孩子，情绪不稳。

路上果然就下起小雨，也可以说它是雨雾。从山褶子里升起，飘在空中，变成细小的水珠子，沾在树上、花瓣上，也沾在行人的头发和衣服上，潮乎乎。

我坐在客车里，那雨雾并没有沾到我身上来，而是沾在车窗玻璃上，又细又密，像一个人额上渗出的汗珠。

我坐的这趟客车是开往市区的。每年春天的这个时候，我总要坐几次这趟车，陪家人去市区看病。前年陪的是父亲，去年陪的是母亲，今年陪的又是父亲。

生活在皖南的人，在享受好空气和自然之美时，也要承受它阴湿多雨、冷热无常的怪脾气。父母亲的疾病，多半和这春天的气候有关。

山里的雾还在往上升。白色的雾，被风扯成各种形状，一会儿是流瀑的样子，从山顶一泻而下，很有气势；一会儿是薄而柔软的缎带，缠在半山腰上，丝丝缕缕，将远近的山分出很多层次。这情景，很容易就让人想起“山色空蒙雨亦奇”的诗句来。

当车开过一条长长的隧道后，很神奇的，雨雾没了，阳光明晃晃地照过来，金色炫目，教人睁不开眼睛。只是隔着一座山，便是两个世界的气象与景致。

闭上眼，再睁开，发现那炫目的金色并非来自阳光，而是油菜花地。或者说，油菜花的金黄在阳光下，变得炫目了。

即便是看惯美景，内心淡然，将一切视作虚无的人，面对这眼前豁然一亮的景致，还是会忍不住胸口生出热烈来，想要对着春天抒情，想重新、好好地爱上一点什么。

爱什么好呢，爱一个人，还是爱一朵花？

爱一个人是不容易的。中年之后，越发不容易。而年轻的时候，爱一个人是多么容易啊，就像这春天的花开得那么容易，一触即发，漫山遍野，只不过凋谢起来也如春花，一场夜雨过后，落英满地。

不管爱多么虚幻、易逝，还是要趁着年轻的时光纵情去爱，这样，生命就不会过于乏味。而进入中年后，最好把爱收起来，或移情于山水自然，或放到自己最不能舍弃的那件事情当中去，比如垂钓，比如写作。

这样说来，我还是一个活得拘谨的人，放不开手脚，苟安一隅。但我其实并不想成为这样的人。我更愿意成为怎样的人呢？如果拿花来比喻，那就是，我想成为“花开七日”的樱，隆重开过之后就迅速凋谢。

说的有些远了，还是把话题拉回，说春分时节的事物吧。

到了春分的节气，春天就过去一半了。就像人生，过去一半，剩下的一半就会过得格外快。两天前看见路边开着的李花已经落尽，树枝上是绛红色的叶子，真是乍开乍谢啊，也不过两三天，花就没了，比樱花还要短暂、仓促。

河边柳树的颜色在加深，间隔着桃花的红和梨花的白，从车窗掠过，极为惊艳，有水墨画中的柳烟花雾之美。

菜地里也有很多花在开，白的萝卜花，紫的蚕豆花、豌豆花。当车快要到达目的地时，发现路边有一簇簇的金黄，像阳光的脚步里开出来的花朵——是春天的蒲公英。

蒲公英也叫黄花地丁、婆婆丁，是解热凉血的良药，也可当野菜鲜吃。热水里滚一下，拌上麻油、盐，即可入口，山野特有的清香味道。

我妈喜欢吃野菜。春分时节的野水芹、马兰头、苦叶菜、蒲公英，她都喜欢。去年，我曾采过很多蒲公英的种子给妈妈，让她撒在后院，这样，想吃蒲公英时，就不用去很远的野地里采挖了。

那轻得吹一口气就能飞起来的种子，妈妈会记得播撒吗？若她记得，那么，她的后院里，现在应该已开满这金黄色的小花朵了吧。

芒种时节

今日芒种。

历书上说芒种节气适合种有芒的谷类作物，比如晚稻、黍、稷。又说芒种是种植农作物的分界点，“芒种忙忙种”，过了这一节气再撒种育苗，就难成活了。

前几日，也就是上周末，在车上看到不少农人高卷裤腿，躬身在路边的田里。空着的田里蓄了水，明晃晃的，像一面镜子倒映着天光，人下到里面，站着，离云影那么近，近到仿佛伸手就可以扯下一角云絮来。

农人此时当然是没有心思扯那云絮的，眼里也看不到云影。他们手里握着秧把子，把耸着肩胛骨的身子弯到与大地极近的弧度，将禾苗一株一株栽下去。每栽一行，深陷在泥田中的脚便挪一下，向后退一步。

那些秧苗是晚稻吗？我不能肯定。虽一直居住在皖南的山野间，对农事却是生疏的，只模糊知道皖南的田区多种水稻，有种一季的，也有种双季的。

远处更多的田里已栽下了秧苗。栽了秧的田真是好看，像写满了诗句的纸页，平平仄仄，整齐而均匀。隔着车窗看那绿盈盈的田野，觉得这个世界分明是刚刚诞生的稚子，那么清新、天真无邪，有着令人感动的生机。

芒种的节气大多在农历的四月底或五月初，离端午很近，这个时节最可看的花当然就是端午锦了。端午锦又叫蜀葵，大多长在村庄里，栽在院子和道路边上，颜色有深紫红、紫红、大红、粉红和粉白。这几种颜色的端午锦若开在一处是极热闹的，如“生旦净末”站在同一个台子上，各有迷人的范儿，又彼此映衬互照。

单看一种颜色的端午锦，特别是深紫红色的端午锦，就是另外一种况味了。若又逢着下雨天，简直会不忍心多看，仿佛看着的是一个抹着红唇的凄艳“女鬼”（就像《胭脂扣》里的“如花”），叫人又心疼又想避开，唯恐一不小心就被那绝望之美迷惑住、缠住，再也脱不了身。

粉白和粉红的端午锦大概心性相近吧，喜欢结伴而开，迎着初升的阳光，挽手并肩地站在那里，一副单纯透明、不知忧愁为何物的样子。她们像极了村里那些初长成的少女，有着溪水般的明澈与清丽。她们对自己的美还不自知，也就没有了骄矜，因此越发动人了。

紫红和大红的端午锦最常见，开在哪里都是适宜的，门前、窗下、篱笆边、路边……抑扬顿挫地开着，心无旁骛地开着。即便是开在废墟和瓦砾之中，开在滂沱的大雨中，也毫不露怯，那一团团要拥抱住你的暖艳是慰藉人心的，也慰藉了这日渐冷清下来的村庄。

除了端午锦，芒种前后可看的还有栀子花。乡间的栀子花有两种，家生和野生的。家生的是重瓣，花朵硕大，花苞刚结出的时候有点像青橄榄，被同样青色的叶子托着，是不显眼的。过去几日，那青橄榄样的花苞长大了，隐隐地泛出白色，腹部膨起，像有另一个生命在里面孕育着、生长着，用力要撑开这一重重包裹着它的花瓣。

栀子的第一层花瓣打开时是花朵最好看的时候。花瓣形如莲瓣，玉白中又有一抹淡青，像一种既精心又不着痕迹的妆饰，也像不肯褪去的胎记。

第一层花瓣一经打开，里面的花瓣也就松动了，香气冲了出来，极有力道，这香气就是那使花苞日益鼓胀的生命吧。

家生的栀子花不必过多栽种，不像端午锦，可以随处撒一把种子。一个二十几户人家的小村子种上三五棵栀子花就够了。花开时，整个村子每户人家的窗前都有一个小小的玻璃瓶或粗陶瓷碗，里面供着两三朵花。这两三朵花的香气是刚刚好的，不浓不淡，静静地开着、香着。若是贪多，在一个瓶里插满了栀子花，过于浓郁的气味就变得令人不安了，熏得人头昏。过两日再看那瓶里挤簇的栀子花，原本丰润的花朵失了神、打了皱、泛黄，过于拥挤和喧闹的环境使它们早夭了。

种了栀子花的人家是有着好人缘的，芒种前后总有很多人来串门，来的大多是妇人、老人和孩子，他们是来采那刚泛白的花苞的。栀子花和别的花不同，比如端午锦是要开在枝头上看的，没有人把它们采回家，而栀子花就得采下来，用装了水的器皿供着、养着，或用一根细细的发卡，别在脑后盘起的圆髻上。

比起家生的栀子花，我更喜欢野生的山栀子。野生的山栀子也叫黄栀子，六枚小小的花瓣，看起来很单薄的样子，香气却丝毫不逊于家生的栀子花。山栀子初开时为白色，过了两天渐渐转成乳黄、柠檬黄，花冠旋卷，像一双巧手叠出来的纸风车，一朵朵别在枝头，风一吹便不停地颤动。

我喜欢山栀子不是因为它的花有多美——山栀子的模样是不起眼的，若要赞美它，“天真淳朴”四个字倒更贴切。我喜欢山栀子是因为它能唤起童年最明暖的记忆。山栀子是母亲偏爱的花。在所有的花里，唯有开在路边一丛丛的山栀子能令母亲瞬间就轻快起来，因忧愁紧锁的眉头也舒展开了，甚至有了难得的暖洋洋的笑意。

“丽敏，去，把那山栀子花采下来。”挑着担子的母亲放慢脚步，对身后跟着的小女孩说。我赶忙跑到那比我还高的花树下，踮起脚，等一边的胳膊弯里抱满花时，母亲便说好了好了，不要采了，够啦。我将香喷喷的白色山栀子捧到母亲面前，像那些花儿一样仰望着母亲，快乐地啜饮着母亲笑容里的甘露。

竹的美好时光

竹的绿在初夏时最好看，此时山中草木多已长成深碧色，唯竹的绿是新的，像刚从壳里剥出来，清透水灵，瞭一眼，心尖子就酥了。

竹在春天是枯黄的，无精打采的样子。不过春天的竹林也有可看之处，有一种菊科的小黄花，成片地开在竹林，像身着鲜服的小孩子奔跑在里面。那小黄花洋洋洒洒地开着，从三月开到五月，引得路过的人总想停下来，拐进竹林里去，和小黄花们一起绕着竹子跑几圈，或安静地在它们中间坐着。

为什么竹在春天是枯黄的呢？这个问题困扰了我几年，后来有一天突然就想明白了（简直是顿悟）——春天是笋的生长期呀。林子里那么多笋，奇迹一样从泥土里冒出来，以不可思议的速度拔着身高，这些都是变枯了的竹在地底下使着力气吧。

春天的竹林里经常会听到啪啪声，在一片寂静中显得格外惊心，四顾无人，也无鸟兽出没的踪影，只见地上多了几片褐色笋壳，那啪啪声就是笋壳落地时发出的。笋用急迫的速度生长着，每长一截就要挣脱一层壳。等笋壳蜕尽，竹便长成，看到的竹林也不再是枯黄，绿汪汪的，间或有蝉声从里面溢出——此时已是暮春光景。

不是所有的笋都能长成竹，长成竹的笋是少数的幸运儿，更多的笋，在它们刚冒出地面，甚至还没有冒出地面时就被农夫采挖走了。对于农夫来说，笋是山野赐予人间的美味，采挖它们是天经地义的事；对于竹林来说，农夫挖去一些笋也是替竹林做了好事，就像给菜地疏苗——剔去一些，留下一些，那些留下的才能更好地生长。

竹是聚族而居的，又善于繁衍，在地下埋一节带着笋芽的竹根，过个三五载，一片蓊郁的竹林便长成了。这就像皖南散落在大山脚下的村落，早先也只移居过去一两户人家，人烟稀少，过了百来年，再看这里，已是一个屋宇毗连的兴旺之地了。

皖南的竹是很多的，品种也多，除了植物学家，少有人能准确分辨它们并叫出名称。我习惯以本地人的方式辨认它们：羽毛一样长在山上的是毛竹；长在河边和道路旁的是水竹；院前院后簇拥的是雷竹、凤凰竹。

苦竹也喜欢长在河边，叶子青白，边缘有睫毛般的细绒。苦竹笋的味道是苦的，吃时要多焯一遍水，消暑清热，夏天吃最好。皖南常见的还有那支棱着阔大叶子的箬竹，大多长在村口或山边。到了端午节前，村里的妇人便戴着草帽，提着竹篮，赶过来采那裹粽用的新箬叶了。

有竹的地方就有了韵致。隔着一片竹林的绿隙，看河、看古桥、看农家房舍或慢慢走过的人，皆有静谧的美感，予人遐思。有竹的地方也是有灵气的。初夏的烟雨之日，或雨后初晴时，车行于皖南山中，满目接踵而至的是绿得要将人融化的竹海，整个人顷刻轻盈起来，浊气顿消，内心温柔、空净、透明，漾动着无言的喜悦，像被一条流淌在空中的清冽之泉施洗过。

辑四

有灵性的事物

YOU LINGXING DE SHIWU

香啊香啊

高更有本书，书名叫《诺啊诺啊》，翻译成汉语是“香啊香啊”。

不记得自己是否读过这书，也许读过。很多书都是这样，读过便忘，就像路上遇见的人，转身便不记得。

但我对气味的记忆却很牢，凭气味辨识万物，包括人。

我喜欢香的东西，可什么是香的东西呢？有时你以为香的，换一个人会觉得难闻。有时别人觉得香，你又一点也不喜欢，比如百合（百合花香令我头晕）。

那么，所谓香，可能就是你喜欢的东西吧，或者是，因为你喜欢，这东西就变得香了，似乎闻着这样的香气就可以活下去。是这样吧？

栀子花的香丰腴且绵厚，如温泉之水，在暗处涌动、漫溢。

栀子花适合在山间闻，保持不远不近的距离。采回来放在屋子里闻也好，但不宜贪多，多了就让人不安生，为香气所缠，以致夜不能寐。

过于浓烈的东西大多如此，有侵略性，容易令人失魂。

枣花的香有脂粉气，但这脂粉不是庸脂俗粉，而是刚长成的女孩子簇拥在夏日阳光下散发的气息，微甜的少女香，活泼又纯净。

枣花的颜色与叶子近似，淡淡的绿，花型又小，小到简直不像花。它们开在那里，像是一个不想惊动谁的秘密。

但这秘密并没有隐藏住，香气很快就暴露了它们。

一位名人说过："咳嗽、贫穷与爱无法隐瞒"。香气也是如此，隐瞒不住，这是没办法的事。

艾草香是素朴的，有些清苦、微涩，不同于花香。

花香是笛，向上扬起。艾草香则是箫，韵脚是下沉的。

传说中，艾草是驱邪祛毒的"仙草"，也是《诗经》里的相思草，"彼采萧兮，一日不见，如三秋兮；彼采艾兮，一日不见，如三岁兮"。

一个闻惯了花香和香水香的人，需要时常走进乡间，闻一闻村路上的艾草香。那是乡村独有的体味，是父亲和母亲的味道，也是生命本源的味道。

紫茉莉的香是傍晚香。

当夕阳落下，晚风拂起时，紫茉莉的香就开始在村里游荡。与这香味携手一起游荡的，还有炊烟香。

紫茉莉也叫洗澡花、晚饭花。花一开，就是吃晚饭的时候了，把竹凉床摆在院子里，一家老小露天坐着，闻着粉嘟嘟的花香，吃着绿豆稀饭，日子过得简单又安逸。

紫茉莉的样子有点像唢呐，摘一朵，去掉花蕊，把细长花茎含在唇间，一吹，西山顶上的金星就亮了。

柏树的香有神性，接近禅的味道。

这样说并不准确，每一种香气都是有神性的，有禅的味道。

柏树的香在雨后闻起来尤为分明，像一个干净又瘦矍的智者身上散发的气味，一种灵魂香，闻之令人安详。

小区入口的路上就有两排柏树，很多年了。每天傍晚，从树下走过时闻着树身的香气，心台一片空灵，如入澄明之境，似有所悟，又不知悟到了什么。

合欢花的香既有露水的清澈，也有流霞的旖旎，犹如少女幻梦，颜色也如少女颊边泛开的红晕。

合欢的叶子朝开暮合，在夜间收拢、紧贴，故又名夜合欢。

雨后清晨，去路边拍摄合欢，见满地落英，一位清瘦老妪在树下练功。

老妪说她每日练完功后会捡几朵，放在屋内，“花落了，香气还在，不能糟蹋，像我这样的老人，吃得下米饭，闻得见花香，就是福分”。

竹香是隐逸者的香气，也是君子之交的香气，清淡如水，凉润沁心。

在竹香中独坐或漫步，片刻，从尘世带来的浊气就消弭了，心中一无挂碍。

苏东坡言：宁可食无肉，不可居无竹。

美国诗人勃莱也有一句相似的话：贫穷而听着风声也是好的。

生而为人，多少无奈与虚妄。名利如枷锁，富贵转头空，不如早早断舍，修篱种菊、种竹。有竹香可栖，有清风相伴，也是逍遥自在的一生。

有灵性的事物

在一棵水杉树下拍了一组爬山虎的叶子。爬山虎的藤缠着树身，贴近根部的叶子是翠绿的，藤梢上新长出的叶子是金红的。迎着七月的第一束阳光，新叶举起了稚嫩的叶掌，细密的叶脉精致透明，极像翡翠玉片。

爬山虎是乡村常见的植物，旧房子的院墙上、窗户下，多有爬山虎纵横的身姿。爬山虎身手敏捷善于攀行，不亚于牵牛和葡萄。

其实爬山虎也属于葡萄科，从它们相似的叶子就能看出血缘的亲近。

爬山虎多生长在阴潮的湿地，但它们的生命是向往着光的。它们用敏锐的触角感受光源，以匍匐的姿态，扎稳了脚跟，一步一步，向着光亮延伸自己的身躯。

今天早晨还拍了竹叶上的露珠，漂亮极了。有时想，我如果能拍出这个世界上最好看的露珠，也就没有辜负光阴了。

我喜欢有灵性的事物，所以要在每天早晨赶早起床，出门去寻找。这个时候，自然中万物都是有灵性的。

灵性也是很容易消逝的。在我拍摄回来的路上，那些在半个小时前还闪烁光芒的露珠都不在了，一些被风摇落，一些被阳光带走。

凤仙花

凤仙花也叫指甲花。在乡下，有人家的地方就有凤仙花，房前屋后，院里院外，到处都是。这花的命不金贵，如草一般。

四月天里，春雨过后，随手丢一把细黑的花籽，歇两日，便能看到稚嫩的花秧秧们，争抢着向你问好。

在乡下，许多人家的女孩儿取名就叫凤仙，叫起来好听，意思也好。相传，叫凤仙的女人，通常一生无病少灾，老了以后，膝下一排排围着很多子孙，和结了很多籽的凤仙花一样。

凤仙花有单瓣的，也有复瓣的。花朵多为红色，也有其他颜色的，比如白色和紫色。凤仙是一种热闹的花，就像乡下那些女人们一样，喜欢扎堆儿。在河边，在井沿子上，喊喳着，张家长李家短，也爱说自家的孩子和男人，一扯开话团就绕啊绕，没完没了。她们并不听别人说的什么，只顾说自个儿的，一个比一个嗓门高。

凤仙花也是，一朵压一朵地开着，一朵比一朵开得高。

凤仙花叫指甲花是有由来的。过去的女孩子长到爱俏的年龄时，就会在清晨，梳洗了以后，一手捧花钵，一手提裙子，踮着三寸小脚来到园子里，选一片红艳的凤仙花跟前站定了，伸出素手，沿着花茎轻轻一掐，一朵吃着露水的花儿，就落在手心了。

花钵盛满的时候，女孩端回房，取了木杵轻轻捣起来。

从捣花的声音可以听出这个女孩的心性。性子急的声音也就急、重；性子缓的声音也就缓、平。花儿捣出鸡血红的汁液后，撒几粒粗盐（或明矾），再捣，直到盐粒和花汁融合在一起。

这花汁是用来涂指甲的，十只指甲一根一根地涂，涂完了放在嘴边吹吹，或在窗前对着风儿晾一晾，干了，就是笑吟吟的十朵蔻丹了。

所以指甲花也叫蔻丹花。

凤仙花种在房前屋后，除了明艳好看，还有一种好处——避蛇。据说蛇是很怕凤仙花的，远远闻到花儿吐出的气息就会头晕、骨酥。明智一些的赶紧扭转腰身，避开了去。

真是一物降一物，那么厉害的蛇，竟然会败在一种植物的香气面前，武功全废，落荒而逃。想来，这大概就是自然界的相生相克吧。

夕颜

夕颜也叫朝颜，也叫牵牛。在乡下也有称这种花叫喇叭花的，院子里种一两棵，夏天和秋天的傍晚开花，开一整夜，太阳出来的时候就卷起花瓣，失水萎谢。夕颜是一种很随和的花儿，不择水土，墙角下、断亘上、野地里、荒山坡，层层叠叠开出一大片。

曹家庄的湖滩上就有很多夕颜，紫色和红色。红色的夕颜有一道细细的白边，像一条镶了蕾丝的喇叭裙。这些花都是美而脆弱的，经不起日光，就像人间的爱情，美得忧伤，经不起痛苦。

说一个和夕颜有关的故事吧。

故事的女主人名字就叫夕颜。其实她的真名也并不叫作夕颜，夕颜这个名字是一个男子给她的。男子遇见她时是初秋之日，黄昏时分，男子在一个村庄简陋的房舍前，遇见了一种紫花，自顾开放，十分可爱，心中顿生怜惜，觉得花儿开在这样破败的地方真是薄命。男子吩咐身边的侍从摘一朵花过来，就在这时屋内出来一位俊俏女子，递过一把白纸扇，说："夕颜柔弱娇嫩，不可用手拿的，得用纸扇托着。"

男子接过扇子，将摘下的花置于扇面，目光却被女子的姿色牵住。

通过一朵花和一把纸扇，男子和女子就这样认识了，互生爱慕。他们并不不知道彼此的姓名，从始至终，他们都向对方隐瞒了真实的身份。

他们在一起的时候，男子就叫她夕颜，女子称他公子。公子其实是皇亲贵族，为了不引起夕颜的猜测，每次都会穿上粗布衣服，装扮成平民，在天色已暮的时候去村庄见她。夕颜温顺娴静，才情与趣味皆不流俗，对公子的来去行踪也不深究，纵有痛苦与悲哀也是不露声色，这一切都表明她是有来历的，并非一个普通村女。

公子原未打算对夕颜过久留恋，但夕颜的品性与神秘却使他欲罢不能。在一起的时光恩爱如胶，又像一个虚幻的、随时会消失的迷梦。公子为此内心不安，深恐在某一天去村庄时不见夕颜，无寻觅处……

这个故事来自日本写实小说《源氏物语》，男子就是书中的主人公源氏，夕颜是源氏情爱生涯中出现较早的女子，也是第一个为他死去的女子。夕颜死的很蹊跷，似被源氏先前惹下的桃花案连累而死，又似被荒郊野岭的鬼魅索去了花魂。

夕颜死后，源氏打探出了她的身世。原来，她也是出身贵族，只是父母早亡，家道没落，成了一个投靠亲戚屋檐下的孤女。在遇到源氏前，她已被另一个轻薄的贵族男子爱了又弃，生下一个不被抚养的孩子。她的一生可谓凄凉短暂，正如源氏遇见她时看见的紫花——夕颜，开在破败地方，虽娇柔美艳，却注定了是薄命的花儿。

美丽、脆弱、短暂——《源氏物语》里的女子大多命如夕颜。

野菊花

“秋天的草坡，睡了个浪漫的午觉，醒来时，脚边是一丛丛野菊花的微笑。”这是几年前秋天写的一段话。

对于野菊花，我最早的记忆来自童年。

那时我不过五岁的样子，随着父亲在一个小镇里住着。小镇有一条S形的青石板长街，街的两边是早点铺子、中药铺子、糕饼坊、油纸伞铺、布铺、杂货铺、冥器铺，还有一个一天到晚都响着嘭嘭声的棉花铺。

每次走过棉花铺，我就会念一段自编的歌谣：弹、弹、弹棉花；糖、糖、棉花糖。念歌谣的时候，我很盼望手里能有一朵胖大的棉花糖。

那些店铺都是老房子，屋里的光线是幽暗的，有着几百年前的气息。屋门口摊着圆圆的竹匾，竹匾里晾晒着霉干菜、笋、蕨、豆角、黄豆、绿豆、芝麻……有时还会晒上津甜的南瓜干和地瓜干。

随着季节的变化，竹匾里的内容也不停变化着。秋天的时候，十月到十一月，家家户户门口一律晾晒着金色的野菊花，一匾挨一匾，沿着S形的街道铺展。

这幕黄花秋晒的小镇场景，如果站在高处俯瞰会是怎样的壮观呢？我当时太小，身高刚及竹匾，只是用小手好奇地抚摸着眼前细碎的花朵。

花朵有着无骨的柔软，放开后手掌沾满了金粉。阳光里也有金粉轻轻飞舞。这些好看的东西是做什么用的呢？是不是和地瓜干一样可以吃呢？我仰脸问着身边的大人，大人们一边翻晒竹匾里的黄花，一边说：“能吃能吃，你吃吃看。”

我信了大人的话，拈了一朵在嘴里——哎！苦，真苦。

我知道我被大人骗了，他们总是骗我，看我上当后皱眉吐舌的样子，开心得捧腹大笑。

那年秋天，五岁的我被整条街拥塞的花香熏得头晕，并对中看不中吃的野菊花失去好感。

长大以后才知道，野菊花是常用的一味中药。《本草汇言》称野菊花“破血疏肝，解疔散毒。主妇人腹内宿血，解天行火毒丹疔。洗疮疥，又能去风杀虫”。

我所在的太平湖，仲秋以后，野菊花便肆意汪洋地盛开了，路边、山坡、湖岸、林间、茶园，处处皆是。

野菊花是不择水土的，花期也很长，一直开到冬至以后，小寒之前。

每年的这个时节，我的母亲会拎着竹篮上山采寻野菊花，她只挑未开的花苞儿来采，她认为开过的花朵不如花苞好。采下的野菊花摊开在竹匾，晾晒在院里，收尽水分后野菊花就不再是金黄色了，而呈深暗的棕色。

母亲采菊是为了我。我的体内虚火较旺，而野菊花是清热解毒的，母亲叮嘱我泡茶的时候放两枚，常年喝着。晒干的野菊花泡在茶里有股药香，微苦，是我小时候闻过和尝过的味道。而我早已接受并喜欢上野菊花的这种味道了，在缓慢地品味中，感觉心气的平和与安宁。

芫荽

芫荽：一年生或二年生草本植物，叶复生，羽状复叶，茎和叶有特殊香气，花小，白色。果实圆形，用作香料，也可入药。茎和叶用来调味，通称香菜。

乡下生长的人是熟悉芫荽的，但我一直以来都不能准确读出这种植物的名称，主要是方言造成的误读。在我老家，这种植物的读音是“yuán xu”，所以，很多次，当我写到它时，都会写成“芫蓿”。

我对芫荽的最初印象并不好。那时，我大约六岁，跟随母亲在一个偏远山村的小学里生活，每到周末，母亲会挑着一担杂物，在往返学校和家的山路上奔走，我则像个影子一样拖在母亲身后。有一天，大约是初春刚开学的时候，母亲和我从家里动身去学校，经过一个邻近学校的村子时，被一位热心农妇拦下，要我母亲去她家歇脚，“天都黑啦，老师别再走了，到我家歇下吧”。母亲谢绝了农妇，执意要继续走，农妇一把抢过她肩上的担子，往自家走去，母亲只好跟在后面，我则跟在母亲后面。

我心里是欢喜的，想着可以好好吃一顿了。我的肚子早已饿了，腿脚也酸疼得厉害。

农妇家是低矮的老屋，屋里几乎没有光线，有一股子浓郁的尿骚味在屋里飘浮。我知道这气味来自屋门后的木桶，村里很多人家都是这样，在屋门后放一个类似马桶的木桶，一是为了起夜方便，二是为了肥（粪）水不外流的讲究。我和母亲就在这样的气味里坐下，喝着农妇捧上来的热茶。

农妇的儿子是母亲的学生，看见我们进屋，低声叫了一声老师，就溜进了厨房。后来母亲告诉我，留我们吃饭的农妇是个寡妇，家里贫穷，孩子读书的学杂费交不上，母亲就帮着向校长递了困难申请，免除了学杂费，孩子才读上了书。

农妇在厨房里忙活了一阵，很快端上饭菜，热腾腾的蒸汽扑上来，迅速驱走了尿骚味。我的肚子很响亮地叫起来，仿佛有几只鸽子在腹内欢唱。农妇点着了桌边一盏油灯，昏黄的灯光下，我看见几个菜碗都堆得满满的。

“吃吧，吃吧，没什么好菜招待老师。”农妇将两碗米饭递到我和母亲面前。在食物面前，我的饥饿感加倍强烈了，不等母亲先下箸就吃了起来。

“我吃着屁蛋虫了！”

很多年以后，我还记得当时吃着第一口菜时所发出的惊呼。

“屁蛋虫？”农妇赶紧移过灯盏，查看我吐在桌上的菜，笑道，“这是芫荽啊，不是屁蛋虫”。

“芫荽？”我很疑惑。

“怎么把菜吐出来了？一点相都没有，你吃不惯就别吃。”母亲对我的大惊小怪很是不满。

那天晚上我再没有吃那种味道怪异的菜，母亲吃了一口也没再吃。农妇和她儿子则不停地将筷子伸向菜碗，毫不介意地大口嚼着，似乎那是很香的美味。

从那以后，我拒绝再食这种有着羽状叶子的蔬菜，无法摆脱它给我留下的气味印象，对热衷于这种蔬菜的食客也很不解。

多年后的某一天，在饭桌上见到一盘拌着花生仁的凉菜，翠绿诱人，搛起一筷入口，清香溢出舌尖，便问：“这是什么菜啊？真香！”

“这是芫荽，也叫香菜。”

四月的最后一天，中午，我在湖边一畦菜地里摄下芫荽花的图片。在用微距取它的近影时，鼻间又触到一股浓郁的气味——和我第一次领教它时的味道完全吻合，但我不再觉得这是臭味了，我知道这是芫荽成熟以后散发的气息，也是它最本质的味道，一种异香。

清明烟火新

在二十四节气里，唯有清明拥有双重身份，既是农事上一个重要的提示符，也是民间生活不可忽略的传统节日。

小时候并不知道节气这回事，只知道有个清明节。到了这天，父亲会扛上锄头，手里提着一只簸箕，簸箕里装着厚厚的一叠黄表纸、挂钱，以及银色锡箔纸叠成的元宝和一挂小鞭炮。逢上阴雨天，父亲就披上雨衣，一个人去扫墓，天晴时会带我和哥哥一起上山扫墓。

山在村庄的西边，叫西山，爷爷奶奶的墓地就在西山顶上。站在墓前，能清楚地看到山下的庄稼地、河流和每家屋顶上的烟囱。

扫墓的程序是这样的，先拔去坟上的草，再用锄头挖一些黄土装在簸箕里，添在坟头上，使平塌的坟包子重又隆起。做完这个，再去林子里折几根细树枝，把挂钱系在上面，插入坟头，然后把黄表纸和银色锡箔纸叠成的元宝堆在碑前，单腿跪下，点火慢慢烧。

黄表纸烧出的火焰金灿灿，也不知它们到了另一个空间，会不会真的变成金子。黄表纸烧出的味道也好闻，绵厚洁净，有植物干枯的根茎香气。等火苗熄了，烟散了，再点上小鞭炮，噼里啪啦一阵响，简单的祭祀就结束了。

给坟头拔草是我和哥哥干的事，坟头上的草总是长得比别处茂盛，开着各种颜色的小花。很多年后，在我对植物有了特别的兴趣并开始写作的时候，知道了那些草都有自己的名字：地莓子、野油麻、附地菜、宝盖草、地丁草、续断菊……

除了这些草，坟头上长得最多的就是蕨菜了。

蕨菜喜欢长在荒地里，随处都是，是春天最常吃的野菜，但没人敢把坟头上的蕨菜采回家吃。有时在山上采蕨菜，采着采着，忽而遇见一大片，长得特别肥壮，心里高兴得不得了，等篮子快装满时，才发现自己正蹲在坟地里，赶紧把篮子倒空，兔子一样惊慌而逃。

离爷爷奶奶的墓地不远处，有一大片映山红的林子。清明节，映山红开了，整个山顶红艳艳的，像是着了大火。扫完墓，父亲要下山了，我和哥哥却不肯走，钻到林子里，采映山红的花吃。

映山红的花是乡村孩子的零食，孩子们到了春天都会吃它。说起来山上可吃的花也是很多的，比如紫藤花和金银花，但它们要弄熟了才能吃，不像映山红，摘下来，去掉花蕊，就可以直接放到嘴里嚼，酸酸的味道，口感很是不错。

映山红的花吃多了会流鼻血，而我每次都会吃多。鼻间突然涌出一股热热的东西，用手一抹，是血，心里也不害怕，干脆仰面躺在映山红的花树下，眯着眼睛，任花影斑驳，在眼皮上跳来跳去。

毕竟是清明，在山上不敢久留，钻出林子下山时，看见屋后的菜地里，父亲正躬身栽种着什么。在他身边，蚕豆和豌豆已开出密密的花朵，无以计数的紫色和白色，像刚刚羽化的蝴蝶，一阵风刮过，就能让它们飞起来。

春逝

春天来的时候是迟疑的，像一个拿不定主意的人，磨磨蹭蹭，进一步退两步。走的时候却很迅速，没等你回过神，春天这列火车就离开站台，远去了。

春天的最后半个月天气晴朗，老天爷还是体恤子民的，知道这个时候再不能下雨了，过多的雨水会让茶叶减产，也会让采茶变成一件辛苦麻烦的事。

在茶季，村里有很多陌生面孔，是外地来的茶工，大多来自皖北，也有邻省的。每年茶季他们结伙来这里，在农户家吃住，白天采茶，晚上制茶，到下半夜才躺下休息，天没亮又起床了。茶工的报酬是按工时计算的，多做一个小时就多一个小时的工钱。

除了茶工，在外面打工的年轻人也回了家，整个茶季他们都在家里帮忙。农村里一年的收入主要靠茶叶，耽误不得。

立夏前一周，茶季结束，茶工拿了工钱，提着自己的行李，又结着伙地走了，回来帮忙的年轻人也走了，带着一张黝黑疲倦的面孔。村里恢复了宁静，只有布谷鸟在村庄上空不停地催促：布谷布谷，布谷布谷……忙完了茶事的农民又得卷起裤腿，下到田里去，耘田，插秧。

野外的鸟声更为密集，大多是刚长成的新鸟，声音还未脱稚嫩，对眼前世界充满了新奇，用殷勤的鸣唱呼朋唤友，表达着各自的喜悦。春末夏初，对鸟类来说是最好的时光，食物丰富，气候温和，很适合恋爱和繁衍后代。

这个时候行走在野外，除了拍摄花草，最喜欢的事就是拿出手机，打开录音功能，一动不动地站着，把鸟声录下来，发给居住在都市的好友听。给鸟声录音的时候，觉得世界真是安静极了，万物都在凝神，倾听自然歌手们的唱和。

给鸟声录音是受一部韩国电影的启发，电影的名字叫《春逝》。这部电影多年前就看过，之后又看过多遍。

电影里的男女主人公是通过一次合作认识的。他们合作的事就是去野外，把自然界的声音录下来。他们一起录过山寺落雪的声音、风吹竹林的声音、雨声、虫声、流水声，当然还有林间跳跃的鸟鸣。在那样干净古朴的环境里，一起专注地听着自然之音，就像是听着彼此的心跳，世界一下子变得简单起来，简单又美好，只有他和她，时间仿佛可以凝固。

在大自然纯朴的环境里生发的爱情是纯净的、浪漫的，有着童话的颜色。一旦离开自然，进入都市现实的生活和人群，爱情就很难再保持初始的模样了，它有了更多附加的内容，有了怀疑、猜忌和顾虑。

《春逝》里的爱情开始于春初，结束于春末，就像春天里的一场花事，一个梦。我对这部电影的着迷并不在于它讲述的爱情，而是爱情生发的背景。两个人一起在山间行走，停伫，倾听自然的声音并将之录下是多么美好的事。如果可以选择一种工作，我也愿意成为这样的人，做一名自然录音师，行走在山野，把听见的每一种声音录下。

其实也不必非得成为自然录音师才可去做那样的事，只要有善于捕捉的耳朵和善于感受的心，日常在野外行走时，就可采集自然的声音。甚至也不必非得去山间野外，只要心是宁静的，自然之音就会从俗世生活的杂音中凸现，缭绕耳畔。就像此时，当我停止书写，端起一杯茶的时候，窗外的鸟声是那么婉转、迷人，把整座山林唤至我的面前。

小得盈满

今日小满。

油菜皆已收割，庄稼地一下子变得空旷起来。

空下来的庄稼地上有几分秋天的况味，有收获之后的宁静、满足和略微疲倦的空虚。

已脱粒的油菜秸秆拢在地边，也显得有些空虚——一个完成使命的人卸下负担后的空虚，还有失重的茫然。

秸秆不过是一堆干枯之物，是没有生命和感觉的东西。但我看它们时，总觉得它们是有生命的，或者说，它们向我呈现了一个关于生命的意象。

有一位老妇在地里，弯腰拔着油菜的根茬。那么多的根茬，像无数的顿号，老妇得在大太阳下一根一根拔起来，始终弯着腰，每拔出一根就在地上敲一下，把根上带的一团泥巴敲落，再将它们扔到一边。

这些根茎最后会和秸秆汇合，被一把火点着，烧成灰。灰又被撒到地里，成为下一季作物的肥料。

下一季作物会是什么？应该是黄豆和芝麻吧，还有稻谷。“乡村四月闲人少，才了蚕桑又插田”，现在正是农历的四月，“小得盈满”的初夏，阳光充足，雨水充足，庄稼地不会空多久，很快就会有新的作物在此生根，生长。

村里人家屋前的油桃已经熟了，枇杷也熟了，红的红、黄的黄，挂在树梢上，光泽和果香都很诱人。不知道主人为什么没有摘它们，是农事太忙而没有工夫来理会这些果子吧。

站在树下张望，发现树顶上的几枚油桃已被鸟儿啄食过，留下凹痕，却又明显比其他果子更为红艳，熟得快要掉下来。

果子总是这样，受过伤后会加速它们的成熟，增加它们的甜度。人也是这样的，伤痛会促使一个人成长，趋向成熟，万物同理吧。

果树边上的菜地里，玉米已有半人高，绿叶子长长的，在风里拂过来拂过去，像不停摆动的水袖。豆角的藤蔓已爬上了架子，开出了花，小小的花朵酷似紫色蛱蝶，在叶子里躲闪。

同样酷似蛱蝶的还有花生的花，只不过花生花是黄色的，开在低处，贴近地面。

花生真是一种谦虚的植物，也是羞涩含蓄的，开花如此，结果也如此，不事声张，只把那么多的果实默默结在泥下。

“小满”这个节气的名字也是谦虚的，是有禅意和哲理的。

且以小小的满足寻常度日，便是淡泊、平和而从容的一生。

苗与草

一周前收割的油菜地里又冒出了好多幼苗，绿绿的小脑袋挤在一起，像幼儿园里刚入学的小娃娃。

这么快就有新的庄稼从地里长出来了，心里有所触动，想起母亲说过的话：土地是最不偷懒的，也最实诚，你用什么样的心思对它，它就用什么样的心思对你，你种下什么它就长什么。

如今这片地里种下的是什么呢？不像是黄豆，黄豆不会种得这样密，或许是芝麻吧。在我的记忆里，芝麻开花是八月的事情，那现在就该是下种的时候了。

不远处有位老人，正握着锄头躬着腰给空地翻土，走过去跟他打招呼，询问他这地里种的是什么。老人缓缓直起腰，抓住搭在肩上的毛巾擦了把汗，说，那地里种的玉米，还没有出苗呢。

我蹲下来，指着绿绿的小脑袋说，这不是已经出苗了吗？

那不是玉米苗，老人说，那是掉在地里的油菜籽发的苗。

原来是这样，怪不得看起来有点像小白菜的幼苗，支着两片心形的叶瓣，酷似一个“丫”字。老人走过来，在我身边蹲下，搜寻了一会，然后指着一根几乎难以辨认的小苗说，你看，这就是玉米苗，刚出的。

那玉米苗估计只有一根缝衣针的长度，顶着一颗露珠，扎在泥地里。露珠原本很小，被细细的玉米幼苗戴在头上，就显得不那么小了，像圆圆的水晶帽。

那么这些油菜苗怎么办，拔了当菜吃吗？我问。老人摇摇头，说等玉米苗出齐了，这些自个儿长出来的菜苗就得挖掉。不在季节上的东西，长出来也没用，也就是个多余的草，老人说。

露水酿出稻谷

稻谷是露水酿出来的。

这是我今天早晨发现的秘密。不知道还有没有别人发现，也许有吧，也许这早就不是秘密，而是很多人都知道的事。

种下这些稻禾的农人一定是知道的，他们天天都在稻田里，一生都在稻田里。他们像了解自己一样熟悉庄稼，像是朝夕相处的亲人，当然知道稻谷的来处。

那些活跃在田野的鸟雀、昆虫，风和阳光，也是知道的。它们不仅知道稻谷的秘密，还知道更多人所不知的秘密，只是它们不说，说了也没人听得懂。

稻谷是露水酿出来的。一颗露水酿一粒稻谷，在太阳下山时就开始酿了。在万物沉睡时，它们醒着，那些露水们，一颗一颗缀满稻禾，它们要趁着这样的寂静和干净，在没有杂质的夜气里，秘密地酿造。直到天亮，直到太阳升起，它们才结束这一天的工作，变成薄薄的牛奶一样的雾，升到空中，去一个人们看不见的地方——同样寂静又干净的地方，去那里休息。

这里已经很久没下过雨了，我居住的小镇，梅雨季结束后就没下过雨。河流变浅，庄稼地开裂，村头菜地的那些瓜们——黄瓜、丝瓜、葫芦瓜、冬瓜，来不及长大就枯掉了，连同藤蔓、没有开的花骨朵，一起枯掉了。农人给它们浇水也没有用。农人在天亮时就在浇水，太阳下山时又在浇，把小河沟里的水舀空了，还是没用。

那些原本隐蔽在泥土下的蚯蚓爬出来了，从地下钻出，爬上地面。清凉湿润的地下已经变得滚烫，又干又硬，它们必须要逃离那里。但它们并没有逃出多远。地面仍是滚烫，炉台一样的烫，它们在炉台上挣扎了一小会，就不动了。

满地都是蚯蚓，细细的，扭曲着。清洁工将它们扫在一起，和那些过早落下树的枯叶扫在一起。还没有立秋，地上就有许多枯叶了。马褂木的枯叶最多，那些黄色和褐色的小马褂，蜷曲着，在人行道上落下一层。

落到地上的还有知了，每棵树下都有落下来的知了，不再会飞也不再鸣唱的知了。

大地上的一切都在干渴中、灼热中挣扎，而稻田里的稻禾却在此时开花了。那些乳白色细细的稻花是什么时候开的?

太阳还未出山。走进稻田里的我，先是闻到稻花的香气，然后看见稻花，看见把稻花裹在怀里的露水。

稻花的香也是露水的香。一滴滴的香气，很快就会变成一粒粒的稻谷。

酿了这么多个夜晚，露水还是之前的样子，没有变得疲惫，无精打采。这么多天没有下雨，这么多天持续的高温，没有吓住露水，没有让它们停止酿造，从稻田里撤离。它们甚至更密集了，挂满每一株稻禾，缀满每一片叶子。

另一边的稻田里，有一畦稻谷已经酿成，只是谷粒还是瘦弱的，还没有变得饱满。每颗谷粒都晶莹剔透，一如露水，在刚刚升起来的桃色的阳光里闪烁着，发着光。

就是在那个时刻，我知道了稻谷的来处，知道为什么稻田里总是有那么多露水，昼伏夜出，孜孜不倦。知道即使大地不可避免有那么多苦难和死亡，仍有甘露在低处降临，悄无声息地，关照着稻禾、草芥和卑微的生命。

交叉小径的花园

庄稼收割后，田野的天空又高出一截。

忘记是哪个诗人，把收割后的田野比喻成母亲起皱的脸，静穆、安详，神态疲倦又满足。

此刻我就站在这样的田野里，想起诗人的比喻，同时也想起博尔赫斯一部小说的名字“交叉小径的花园”。若是借用一部名著的名字来形容此时的田野，“交叉小径的花园”再合适不过了。

怎么会突然多出这么多小径呢？交叉错杂，使田野看起来像年轮毗连的树桩，又像聊斋中诡秘的郊野，走进去就走不出来。

我沿着最近的一条小径走了进去。在野外我是不怕迷路的。其实我更喜欢迷路，喜欢那种忽入秘境的陌生感，看见的事物覆上了神秘的色泽，所走的每一步也有了探险的趣味。

小径上散落着金黄的碎稻秸，像谁故意丢下来的引路之物，稻秸下脚印重叠。深陷下去的是牛蹄印，人的脚印要浅一些。两边纤草丛生，茎叶已经泛黄，是很艳丽的赭黄，也有褐红，阳光下吐纳深秋潋滟的气息。也有绿叶子的草，正在开花。花一蓬一蓬的，叫得出名字的有田边菊、蓼草花、野鸡冠、小牵牛、白旋覆、紫苑花。有一些叫不出名字，气味是熟悉的。

草花的气味很清淡，脸贴到跟前才能闻到，闻起来若有若无。味道稍重的是田边菊和蓼草花。田边菊的味道微涩，接近药香。蓼草花的味道有股子辛辣。有一种紫红的辣蓼，小时候我曾采来玩过，不小心把草汁弄到脸上，结果辣得眼泪滚滚，怎么也止不住。

这些草花里我比较偏爱田边菊，爱它纤细的花瓣和淡淡的蓝紫色，像清净的梦，也像生在乡村那些素朴又不掩娇妍的姑娘。

田边菊其实就是马兰头开的花。马兰头是美味的野菜，很多人都知道，很多人也在三月的田埂上挖过它们，拿回家，放多多的油，清炒或凉拌，出锅还是鲜绿色，吃在嘴里满是春天的清香。清明过后，马兰头从地面站起身，开始长个子，人们便觉得它已经老了，不能吃了，也就不再留意它了。不再留意的事物犹如从大地消失——谁知道它还在生长着呢，不声不响，一直长到秋天的膝盖、胸口、肩头，开出花来。

脚步被小径领着往前走，低头看着草花，走着走着就撞进了一堆稻草垛。稻草垛是新鲜的，正午的阳光蜜一样顺着草垛往下淌，淳厚之味绵绵不绝，仿佛有很多浆汁在草茎里灌着，太阳晒滚了，憋不住就溢了出来。

我绕开稻草垛，侧身走进一边的稻茬地里。

稻茬地里有红尾蜻蜓在飞，三三两两，飞一会，选一根草秸停下，还没停稳，翅膀一抬，又起身继续飞，低空旋一个圈，再选一根草秸停下来。

稻茬地里有那么多草秸，看起来并没有区别，不知道蜻蜓以什么为标准，选择它愿意停栖得久一些的那根。

在稻茬地里站着，往四周看，一直看到最远处的山、村庄、湖水，忽然就明白了，为什么田野会多出那么多的小径。其实小径原本就有那么多，只不过之前被高过腰际的稻禾与庄稼遮挡了，掩盖了。现在，稻子都已收割，黄豆、绿豆、玉米也跟着主人回到院子里，纵横的田埂、小径自然也就线条明朗地呈现出来，使田野的层次更为明显，细节也比之前更丰富了。

小阳春

阳春是春天，小阳春不是。小阳春是秋天与冬天的过渡期。

凡是过渡期的事物总是不确定的，面目模糊。小阳春也是，它综合了四季的面目，又区别于四季。

确切地说，小阳春是立冬后的一段回暖日子——让原本往冬天走的步子缓一缓，停下来，甚至倒退回去。

这一退，穿上身的冬衣又得脱下，换上春秋装，可早晚还是冷，如同李清照在《声声慢》里说的“乍暖还寒”。每天清晨，临出门时，总为穿厚还是穿薄迟疑不决。

衣服倒好办，随身多带一件，冷了穿，热了脱，问题都不大。对于那些因天气暖和而犯起迷糊，闹不清是什么情况，胡乱开出花的植物，就不好办了。开都开了，忽而冷的时候，总不能把花又缩回树枝里去呀。

犯迷糊的植物不在少数，杜鹃花、苹果花、桃花、梨花……在枝头探头探脑，吞吞吐吐，开一簇，又开一簇。终究没敢放开怀来开，还是觉得，这光景开花不太对头吧。

除了花，河边的柳树也憋不住，老叶还没落完，新芽就鼓了出来。

还有黄檫，也长出了新叶子，别在枝头，像刚出窝的雏鸟，羽毛鲜亮，好看得不像样子。

庄稼地里，萝卜和白菜都收回家了，晒的晒，腌的腌，储存在大缸里，只等下雪天和排骨一起炖火锅吃。空出来的庄稼地又栽上了油菜秧，此时的气温最适合油菜秧生长了。

对油菜秧来说，小阳春就是它们生命中名副其实的春天。

庄稼地边的竹篱笆上，牵牛花也还在开。牵牛花从初夏就开起了，一直开到立冬后，花期真是够长的。

立冬后的牵牛花比夏天的含蓄一些，小一些，开花的时间却延长了。夏天的牵牛花开在黎明时分，太阳一出，赶紧把花瓣合拢，怕被光芒烧着了似的。小阳春的牵牛花不怕光，把光芒放在怀里，托着，开到午后，有几朵竟然开到第二天。

开到第二天的牵牛花真是叫人惊讶，怀疑不是昨天看见的那朵，仔细辨认，还就是，花瓣边缘的一圈已皴裂开来，像晒伤，又像是夜里受的冻伤。

牵牛花这样开着，也是一种积极的生命态度吧，如同一些年老的人，仍旧有颗年轻的心，保持着对美和爱的向往。

寂之味

现在回想起来，那种气味应该叫作“寂”，也可以叫作“童年”。

那气味是春天桃花开得最盛时嗅到的气味，但那气味和桃花无关。桃花在河对岸，如火如荼，开满了对岸的河堤、道路和山坡。

同行的还有两位“摄友”（摄影友人），我们在对岸的酒店里住了一宿，赶早起身，在梦境般的晨雾中拍过桃花，雾散后就到了这边。从对岸过来可以坐船，也可以走路。我们没有选择坐船，提着相机，绕了很远的路，再过一座桥，慢腾腾地走来。

这边是一座村庄，村庄名字已经忘了，典型的皖南古村落风格：青砖黛瓦、马头墙、老树、老桥、青石板路。村庄在过去应该兴旺过一阵子，房屋毗连，有牌坊和祠堂，有窄窄的街道。街道两边依稀留下些店铺的印记，门廊和窗槛像是被火燎过，乌漆墨黑。

这村庄在过去可能真的经历过火劫，有一半的房屋是荒废的，断壁残垣间盘踞着乱藤，杂草蔓生，弥散颓寂的气息。即便如此，从一些旧迹上还是能看出以前曾有的气势：精细雕花的门楼，粗大的梁柱，层层递进的院落。院落里有照壁、石鼓、天井。沿河的一排房屋较为完好，住着人家，衣物晾晒在檐下的竹竿上，屋后，靠墙整齐地码放着柴火垛。

村庄荒废的部分是后来才看到的。我们过桥到这边，最先看到的是沿河的房屋，屋角边上，有鸡在啄食，有猫在晒太阳，有老人躬着身子在侍弄菜园，一条巷道拾级而上，伸入村内。

本地人把巷道称为“巷弄子”。巷弄子是村庄的出入口，石板台阶，一层一层，十多级的样子。那种可以称之为“寂”的气味，就是在巷弄子里闻到的。

三个人中，我走在最前面，踏上巷弄子的第一级台阶，鼻尖就触到了一股沉而有力的气味。这气味带着“春阴”的凉润，是久远的，又是新鲜的；是静止的，又是生长的。

走到巷弄子中间，气味就更明晰了。巷弄子的两边是房屋的外墙，外墙的下半部为石砌，上半部为砖砌，有种古朴的美。一些细草在墙缝里穴居着，好奇地探出挂着花穗的小脑袋；阳光则骑在高高的墙头上，如乡村懵懂的少年。墙根下和台阶的石缝里细草更多，叶尖毛茸茸，又湿漉漉，戴着水珠做成的耳环。石板台阶也是湿漉漉的，光滑得能照见人影子。

说不出来这气味是从哪里来的，或许是时间在石壁、青草和露水中做了一整夜的梦后，吐纳出来的吧。这气味是极僻静的地方才有的，就像荒芜岁月的尽头冒出的一眼清泉，一簇绿荫。

这气味于我并不陌生，深呼吸几口之后，它便将我运送到童年。在气味里，我看到童年的自己。小小的，一个人，长久地蹲在一片鸭跖草中，摘着鸭跖草碧蓝的花瓣，捡着草地上的碎瓷片和青石子，捡满手掌后又将它们撒开。

我的背上是巷弄墙壁投下的影子。很多个午后，我在影子里蹲着，和花草、石子玩着游戏，做它们的“王”，自在安静，又有说不出的寂寞。

秋日和

皖南今年雨水多。从春初到秋中，大半年的光景里，雨水如同那送不走的客人，前脚跟刚拔起，后脚跟又落下。

进了十月，雨像接到旨令，忽而遁去。看来老天爷还是管事的，知道这雨再落下去，农民一年的劳作成果就得泡汤，于是下令，把雨水召走了。

天一放晴，农民们赶忙拎起镰刀，收稻子，收玉米，收黄豆、绿豆、红豆，把成熟了的农作物纷纷从地里领回家，摊开在场院里。

这些作物要连着晒三五个日头，晒透了才能入仓。入了仓的作物才算收成。有了这些收成做储粮，冬天就可以安稳地歇着了。

天刚晴的头两天，农民们忙得脚不沾地，脸上也透着焦慌——谁知道这天能不能晴稳呢，要是只晴这两天，收回来的庄稼就白收了，搁在屋子里，还得发霉烂掉。

老天爷似乎体恤到了农民的心情，接下来的十多天都艳阳高照。秋天的太阳有力道，又不暴烈，真是好啊，是诗人里尔克在《秋日》里赞美的“催它们成熟，把最后的甘甜压进浓酒”的好，仿佛那黄灿的光里含有天然酵母，不管什么，哪怕是一把枯草，拿到日头下晒一晒，也会像经过美味大师的酿制，发出甘甜的味道来。

一直晴到霜降前，才又下了一场雨，过后天又晴了。收回来的作物都晒好了，归仓了，农民的心也放了下来。心是放下来了，可手脚还是不愿歇着。这么好的天气，日光满场院铺着，可不能浪费。那就从堆在屋角的老南瓜里选几个吧，削了皮，从正中间切下去，把黏黏的瓤和子掏出，再切成圈爿。南瓜爿子切好了，把它们套进晒衣服的竹竿，挨个儿排开。南瓜爿子颜色金黄，透着吉祥，晒在屋檐下是很好看的。

太阳下山，南瓜爿子也不用收回屋里去，就那么晾着，乡间把这叫作“露”。三晒三露之后，南瓜爿子算是吸足了日月的精华，可以放到锅里去蒸熟了。

蒸熟的南瓜爿子摊在竹匾上，再经过三晒三露，就有了深红油润的颜色，嚼在嘴里很筋道。记得我读高中时，拿了家里晒的南瓜爿子去学校，给住在城里的同学吃。城里的同学没见过这东西，分而食之后说，这牛肉干味道真不错，就是甜了点。

不怕麻烦的人家除了晒南瓜爿子，还晒红薯干。把几天前挖回来的红薯洗干净，不用削皮，直接放锅里煮。红薯煮熟后晾凉，摊在竹匾上，也是要经过三晒三露，吃起来才会津甜。

霜降之后，地里的萝卜、白菜也有了甜味，把它们收回家，还是放日头下晒。晒上半天再洗，洗净了切成条，再晒。晒透后就可制成腌菜了。

白菜和萝卜条腌上了，天还是晴着，秋色斑斓，想一想，还有什么要晒的?对了，辣椒片是少不了要晒的，冬天炒腌菜、烧鱼、炖火锅，都得放一撮红红的尖辣椒片。

湖边的野菊花已经开了，那金黄的小骨朵是清热解毒的良药，采回家，晒上几个日头，用罐子存起来，感冒上火时，取几颗泡水喝，一喝就好。

葛根也到挖的时候了，挖回来，切成薄片晒干。葛根片据说能降血压，一天泡上几片当茶喝，喝一年血压就会稳定很多。

秋天的日头实在太有诱惑力，让人闲不住，总想在场院里晒上一点什么，甚至想把自己摊开，让日光渗到肩胛和腰椎里去，把藏在那里的酸胀和疼痛晒软，一丝一丝化开来。

催冬雨

十一月末尾的几天，下了一场催冬雨。

也不知道有没有“催冬雨”的说法，应当有吧？既然有催春雨，就该有催夏雨、催秋雨和催冬雨了。

和往年比起来，今年的催冬雨下得有点蹊跷，伴着电闪雷鸣。按说到了这时，雷早就应该把声势收敛，如冬眠的动物那样，蜷起身子藏到地下，到第二年的惊蛰再苏醒，钻出地面。

可今年到现在，雷还驾着它疲倦的车马，在天空游动，不知道是什么原因。

一进十二月，雨就停了，天气转晴。冬天正式到来，温度骤然降下不少。虽不喜这骤冷的天气，心里倒是踏实了些。十二月了，是该冷下来的时候了，冬天就该有冬天的样子，就该朔风卷地，有冷霜和冰雪。

天一晴，在屋子里就坐不住，就想往山上去。

此时上山，当然不是奔着“霜叶红于二月花”的秋色。这样的秋色，在半个月前已让眼睛饱餐过了。此时上山，为之挂念的是“落叶满空山”的情景。

“落叶满空山”是唐朝诗人韦应物的诗句。我读到这句诗，却是在德富芦花的书里。

德富芦花在书里写道：“当我迎送着‘落叶满空山’的诗句，独自在深山缓缓而行，看到果树自行爆开，果子落到地上，耳畔仿佛听到闲寂原本的声音。”

目光停留在这行文字上，反复品味。“落叶满空山”，这是一句诗，也是一幅画，是一种生命的状态与境界，有着虚实相生的禅意之美。

出门即是深山，这是在湖边生活的最大好处，无须借助任何交通工具，迈开步子，走上一刻钟就置身山林了。对于“性本爱丘山”的人来说，这种便利也可算是福利——这也是我一直生活在这里，毫无倦意的原因。

上山不久便遇见一个消瘦的妇人，从灌木丛中钻出来，手里提着长柄锄头，另一只手捏着空空的麻袋，猛一抬头看见我，有些惊讶。妇人没有说话，侧身从我身边走过。她大概是这附近村子里的，来山上挖冬笋。

入冬后，山上常会遇见挖冬笋的人。

妇人很快又钻进了路边的茅草丛，看起来又不像是挖冬笋了——茅草丛里是没有冬笋的。过了片刻，她又从茅草丛里钻出来，手里的麻袋还是空空，一无所获的样子。

“你是在挖葛吧？”妇人返身再次经过我身边时，我问道。

“是的，想挖点葛，晚上没事嚼嚼。”妇人有些不好意思地答道。

“这里的葛多是多，就是不好挖。”妇人像是为自己空空的麻袋做解释，补上一句，接着又问我，“你来这里做什么？”

“我……去那边看看。”我举起一只手，向对面的水杉林指去。

几天前我就曾来过这里，那时水杉林还像大火一样燃烧着，将半边天空洇染得通红。现在，经过催冬雨的浇淋之后，水杉林只在树冠上留着浅浅的锈红。

微弱、未燃尽的余焰，如同黄昏落日在天空留下的夕晖。

辑五

木舍手记

MUSHE SHOUJI

与树为邻

早起有雨。细雨，只下了一小会，地面也没淋透。很快太阳就出来了，带着一团水汽，像刚泡过温泉的少年。

鹁鸪鸟的叫声比前几天更高昂了。

风真暖。甜蜜的“小骗子”，对着万物的耳根轻轻吹气，不停劝诱：“天气多好，快发芽吧，快开花吧”。

阳台下有三株梅树、四株红叶李、两株桂花树、一株桃树、三株白玉兰，还有一大片小叶栀子。

这时正开花的有梅。白玉兰已脱去毛茸茸的外衣，就要开了。桃树和李树也已鼓出青春痘样的苞芽。

“是风把这些树的苞芽吹鼓起来的。”我听到一个声音在说。

园子里有很多麻雀。麻雀好凑热闹，手机里的音乐一打开，它们就聚拢过来了。阳台下那么多树，它们硬是要挤在一棵李树上，乍一看，还以为树上结了好多褐色果子。

红叶李是离阳台最近的树，有两根枝丫已伸到阳台上，触手可及。

我每天都会对着李树看一会，看它们比昨天是否又有了一些变化。

“不着急啊，慢慢长，慢慢开花，春天才刚刚开始，不要着急啊。”

雨水这天没有落雨。

自立春后，晴日较多，少有雨天。

半月前栽的早竹叶子泛黄了，拎了一桶水下楼，给它们浇上。

给一边的李树也浇了些水。李树的芽苞已经泛红，两三个挤在一起，微露小花骨朵的端倪了。

给李树浇水的时候有一种奇妙的感觉，觉得李树很开心的样子，在微笑。应是幻觉吧。也不一定。也许李树确实在微笑，感受到一种特别的情意而微笑。

如果李树有耳朵，有听觉，就知道我决定把居所安在这里，是因为它们。

“我喜欢这些树。”去年八月末，第一次随中介看房时就脱口而出这句话，毫不掩饰一见倾心的欢喜。

我喜欢这些树，喜欢房子的阳台对着这些树。为此我很快做出决定：买下这房子。我的余生将会住在这所房子里，与这些树为邻、为至亲好友。

人在这世上，除了与生俱来的血缘至亲，还需要别的亲密关系，彼此交流、信任、依赖，相互欣赏和滋养。这种亲密关系可以建立在人与人之间，也可以在人与动物之间，也可以在人与植物之间。

午后的阳光照在李树的枝条上，给枝条镀了一层金。

风吹过来，金色的枝条摇摆不停，仿佛要抓住空中的什么，拥抱住什么。

李树的枝条上有很多类似刺的幼枝，一根根戳在那里，如同鱼骨，使李树看起来并不那么随和。这些鱼骨般的刺是李树特意生长的武器，为保护果子而生长。只是这些刺的威力并不大，并不能使鸟儿们望而生畏，止步树前。

当然，现在的李树还没有长出叶子，刺都裸露着，稍加小心就能避开。等叶子密密地长出来，掩藏住那些刺，鸟儿们想钻进去啄食果肉，还是会吃一些苦头的，免不了会被扎一下。

这些刺并不会危害到鸟儿的生命安全，不会让它们受重伤。这些刺只是让鸟儿们知道，浆果是自然对它们的馈赠，但也不是那么随便就能吃到的。付出一点疼痛的代价，也会使得浆果的滋味变得更为美妙吧。

鸟儿也是树的果子——会飞的果子。树长到哪里，鸟儿就会飞到哪里。

一棵树若是没有鸟儿的光顾是寂寞的。一只鸟儿若是没有树来栖身，是可悲的。

这个小城的树正在减少，鸟儿也在减少。

我的旧居在一个老小区，也曾有过许多树。到了春末，一些爬藤植物——牵牛花、五角星花、凌霄花会顺着树身爬上去，爬到高高的树枝上，再垂挂下来。夏天的早晨，从树下走过，稍不留神，就与一朵花迎面撞上了。

也有人在树下围了篱笆，种上黄瓜、丝瓜、苦瓜、葫芦。瓜藤开花的时候，小区热闹极了。这热闹不是人声喧哗的热闹，而是植物生长的热闹，虫鸟鸣唱的热闹。后来老小区改造要拓宽道路，树砍掉了很多，篱笆也拆掉了。经过改造的小区确实比以前宽敞，但也失去了生气，显得更为苍老。

让人痛心的是，一些活了很多年的老树，也因为某些原因被砍掉了。

父亲居住的小区，道路边原有两排水杉树。没有人记得这些水杉是哪一年栽下的，活了多少年。水杉的高度和小区楼房一样，住在顶层的人，推开窗就能看到水杉的树顶。

水杉是季节感很强的树。二月发芽，三月幼芽发绿，四、五月，绿叶芽长出羽毛的样子。水杉的叶芽刚发绿时最为动人，我曾用绿色的星星比喻它们，但它们又比星星更为密集、莹亮，充满童稚的快乐和生机。

到了夏天，这两排水杉就为小区搭起了一条绿色甬道，把烈日隔在外面，在路面铺下浓荫。每天下班，到父亲这边来吃晚饭，一走进小区，看着满眼绿荫，听着蝉歌和鸟鸣，心里像饮下清泉，有说不出的安恬。

夏末，水杉的叶子开始露出烈日灼伤的痕迹，泛出微黄。到了十月，叶子就全转黄了，继而转成金红。

到了十月，水杉树也开始落叶了。水杉树的叶子像极了鸟羽，当它落下时，也像是在飞翔，在空中旋转着，轻盈又优雅。

寒露的节气过后，水杉树每天都给大地铺上一张红毯。到了十二月，水杉的叶子落得更为细密了，如金红色的雪，洋洋洒洒，凌空而下。

在我把这些当作风景、当作自然的恩赐，随着季节的变换欣赏和享受的时候，有一天，却听到邻居们在议论一件事：很快就有人来砍掉这些水杉树了。

“为什么要砍掉？”

“落叶太多，麻烦，吹得家里到处都是，每天都要打扫。”

“树太高了，挡住了家里的光线，还招来那么多知了，夏天吵得人睡不着。”

“水杉树占了道，新买的车也没个地方停。”邻居们抱怨道。

我站在邻居们中间，脸发热、发胀，身体却变得僵硬，冷飕飕的感觉从脚底钻上来。

多荒谬啊！“我反对砍树，这些树多好啊，砍掉它们是犯罪，要遭报应的。”我脱口而出这句话，像喷出一口血。这句话太无力了，并不能阻拦砍伐的刀斧。过了几天，再走进小区时，看见水杉树全都倒在地上了。

身体里有轰然而至的坍塌声，愤怒和疼痛的石头猛击胸腔，却无处投掷。

是啊，我该把这石头投向谁呢？我也是人类中的一员，我不能惩罚自己的同族，只有和他们一起承受某一天终会降临的、自然对人类的惩罚。

去年八月的一天，午睡醒来，我像突然被一只手按下了按钮，在沙发上迅速写了一则出售旧居的公告，发在本地较有影响力的微信公众号上。

不到半小时，有人打电话来，询问什么时候可以来看看房子。

很快，看房的人来了。傍晚，看房的人交来定金，定下了我住了十年的旧居。他一月后就得住进来，在这之前我需要找到临时的住处，搬出去。我也需要给自己再找一处新居——也是后半生的安身之所。

临时的住处是不用费神的，父亲的住处很宽裕，搬过去一张床即可。新居该安在哪里呢？我找来一张纸，写下自己对新居的要求，又上网查到几家房产中介的信息，给中介打电话。

“小区要安静，楼层不要高，阳台外要有树。”我将我的要求告诉中介。

“阳台外要有树。”当我对中介说出这个要求时，觉得自己像一只流浪了很久的鸟，再也忍受不了无绿荫可栖的生活了。

天气这样暖，不到三月，阳台外的李树就该开花了。

我已经为李树的花季做好了准备：在春节前装修好了房子，收拾干净了阳台，买了小茶几、草蒲团、好看的小茶杯。还特意买了新的旗袍裙。还买了风铃，挂在阳台上，风一吹就叮叮当当地响。

我没有为新居装防盗窗。我不想把房子变成牢笼，不想在阳台看这些花树时，与花树隔着一道道栅栏。

陆续有朋友来看新居。“你怎么把房子买的这么远，生活多不方便啊。”我把朋友们领到阳台上，像介绍家庭新成员那样，把李树、梅树、桃树、桂花树指给他们看。

“因为这里有树啊，我喜欢这些树。过不了多久李花就要开了，坐在阳台里就可以看花，到时请来喝茶。”每次，在说出这句话的时候，都觉得李树在朝我微笑，就像我朝它们微笑一样。

它们一定是有听觉的，就像树上的鸟儿一样，能听懂人语、音乐，能够像感受春风一样，感受来自人类的情谊，懂得彼此欣赏时静谧的光阴之美。

桃枝与迎春

桃枝是一个月前采的，迎春也是。

桃枝采来时刚冒出芽尖，灰白色的小不点，怕冷似地缩在厚绒衣里。

迎春采来时已开了几朵，刚出壳的小鸭仔才有的嫩黄。

我只采了一枝迎春，在小区入口处的溪边。

采花时，心里有点愧疚、不安，觉得在做坏事。转念一想，我采它们不是拿来糟蹋，赏玩片刻就扔掉，而是拿回屋里插瓶，用净水供养，与之相伴如亲友，也就安然了些。

读书的时候就喜欢插花，学的专业里也有插花艺术的课程，也买过这方面的书来看。毕业后在一家宾馆工作，经常接待会议，特别喜欢布置会场的环节，乐此不疲。一个自认为有手艺的人，遇到可施展的机会，是多么得意的事。

我从宾馆的园圃里采来花草，按自己的审美和灵感搭配它们，剪去多余的枝叶，插在合适的花器里，置放到会场。

那些花草其实都很平常，成片生长，没人觉得有什么特别。可一旦被采回，搭配几片叶子或者别的花，立马就有了不同寻常的美质，仿佛获得再生。

插花的过程真是享受，加班到半夜，还是兴味十足。我从不觉得这是工作，我把它当作一种私人喜好，是与花草们玩的游戏。

有几年特别想开一家花店，觉得这对我来说是再适合不过的事了，是自己喜欢的、擅长的，又可以养活自己。

可我终究还是没有付诸行动。无论开什么店，都得经营，要会算账，还要与人打交道。一想到这些，心便虚了，像胀满气的气球被扎了一针，很快就瘪下去。

如今回想起来，年轻的时候还是有些想法的，想做的事很多，想当厨师、想当美容师、想当服装设计师。就算当不成设计师，做个裁缝也不错。这些行业都是我有兴趣的，无论当时选哪一行，去学习、去践行，说不定后来就真的是个“有手艺”的人了。

当然还有比这些更大的梦想，比如当画家、当歌星……年轻时代就是梦想的时代，一会天上，一会地下，不足为怪。

一个人早年喜欢做的事还是会影响后来人生的。比如插花，它就培养了我对于植物的关注，也养成了我后来写作的方式：去自然选取材料，剪除多余部分，给予相宜的搭配，置放合适的容器，让它成为有灵魂的作品。

插花、写作，都不能刻意，也不能一味学习或模仿，而是凭着直觉，凭着个人对生命的认知、审美去做。

无意而为，往往会有意外之美，这也是自然之道吧。

比如迎春，将它采回后，因找不到空瓶可养，顺手放进养桃枝的容器里，竟刚好合了“艳与寂”的腔调。

桃枝有三枝，每枝上又有几径分枝，点缀着细小、若有若无的苞芽。

采桃枝也是一时的念头。因新居刚装修好，又逢春节，便想采几枝放在屋里，装点下空荡荡的客厅。

迎春采回两天后，花苞就一朵朵地开了，开成一束明亮的春光。桃枝呢，仍在深度睡眠中，枯寂着，仿佛永不会醒来。

这桃枝能不能养活，会不会开花，我是没把握的，但每次去新居（还未入住），最先做的事就是给它们换水。

我做我该做的，结果如何，听凭天意。

不知不觉正月过去，转眼惊蛰。

“惊蛰至，桃始华。”再去新居看桃枝，有几朵花苞鼓起，像一个爱娇的女孩嘟着嘴唇——果真就要开了。它们是什么时候挣开厚绒衣的包裹，什么时候长成这般模样，我竟全不知晓。

拿起手机，打开摄像功能，对准花苞。就在我点击拍摄的时候，一边的迎春悄然落下几朵。

再过一两天，这桃枝就是另一番模样了，而彼时，开了一整月的迎春也将落尽。

一种花上场，由寂静转向盛开；另一种花退场，归于盛开之后的寂静。彼此相安，互不争艳，这是神秘的花约，还是自然之道，我不得而知。

又多了三棵树

原来我的阳台外有七棵红叶李，先前以为只有四棵。

七棵红叶李里有四棵大的，三棵小的。大的离阳台更近点，小的略微靠外。

也许品种上有差别，小棵李树的花期比大棵要早得多。一周前，小棵李树就开花了，到现在，已开成一匹锦缎。大棵李树还默哑着，似被施了咒语，定住了。或许大棵李树是听了我的话，有意把开花的步子放慢。立春时我曾对它们说过："春天才刚刚开始，慢一点发芽，慢一点开花。"

发觉还有三棵小红叶李的时候，真像做买卖又额外赚了一大笔。这个比喻很俗，但我的心情就是那样的。

在我居住的小城里，红叶李是很常见的景观树，每个小区都有种植，环城公路两边更多，一棵一棵挨着。去年三月，一位外地朋友来小城看我，指着路边的红叶李问："这就是你写过的樱花吧？"我笑着摇头，指给她看山坡上野生的花树："那才是。"

朋友看看山坡，又看看路边，更迷惑了："它们有不一样吗？"

李花与樱花确实近似，花期又都在三月，容易混淆。不过若是以色度来看，李花还是略淡于樱花的（毫无贬义，希望李花不要生气），花朵的阵势也不像樱花布置得那样密集，团团簇簇，如云似霞。

近看李花与樱花，就容易分辨了。李花在开花的同时长叶，花叶共生。而樱花在开花时是看不到叶子的，它们的叶子要在花朵落下后才长出。

小城有这么多红叶李，以前从没觉得它们有什么特别，而当我的阳台外也长着红叶李的时候，便觉得这花树是如此优雅，富于灵性，与所有的花树都不一样，与那些长在山坡和路边的花树都不一样。

因为这些李树，我的生活中又有了期待，有了新的盼望。

想起《小王子》那本书，此时更理解小王子关于玫瑰的一段话。这段话大约这样写着：这世界上有许多玫瑰，对我来说重要的只有一朵。它是我浇灌过、照看过的。我为它捉过虫，倾听过它怨艾和自诩，还有时常的沉默，对我来说它就是独一无二的。

这是一朵与小王子建立了联系的玫瑰。他们互相“驯养”，彼此需要，对双方来说，当然不同寻常。

是你“驯养”过的，就是这世上独一无二的，无论是玫瑰还是别的。

这个春天我就不出远门了，也没心思去别的地方看风景——我可不想错过红叶李在这个春天的花期。

这也是我拥有新居后的第一个春天。只要有空，我就会骑上自行车，来新居这边，烧一壶水，泡一杯茶，拿到阳台上，对着李树坐着。阳光好的时候，我会把屋里几盆兰花也搬到阳台上，给它们浇些水，让它们晒晒太阳。不消片刻，兰花的香气就流淌开来，绿盈盈，溢满整个阳台。

我的『私人花园』

连着下了两天雨，气温降了好几度，有些地方还下了雪。很担心新居那边的红叶李，尤其是开花早的三棵，这样的雨天，不知道它们怎样，花瓣会不会已打落一地？

和往年比起来，今年开春后的雨水算少的，温度也偏高。往年，有时整个春天都泡在雨水里。

雨水少，对花树们来说就是福音。花朵厚实的花树还好（比如玉兰），像樱花、李花，还有杏花，是经不起风吹雨打的，花瓣太薄了。

昨天说到樱花和李花如何区分，其实还有一个重要的不同之处：樱花的花瓣中间有个小缺口，单看一枚花瓣，酷似心形。李花没有。和樱花比起来，李花也更细碎些。

为什么总要拿李花和樱花比较？是因为它们太相像，还是我那长久以来的樱花情结在作祟？这是不应该的，樱花有樱花的好，李花有李花的好，对着李花想樱花，是不对的。

好在雨只下了两天，今天一早就出太阳了。来不及吃早餐便出了门，骑上小城绿色的公共自行车，来到新居这边。

去年八月底卖掉旧居后，我就搬到父母城里的房子里住下。父母常住乡下，那房子大多数时间是空着的。父亲对我将新居买得那么远颇为不满，觉得以后生活会很不方便，小区入住的人家又那么少，“冷淡僻丘的，太没人气了”。

对我不装防盗窗这事父亲更是耿耿于怀，春节时同母亲来新居看过之后直摇头，脸色沉着。我也不能解释什么，只说以后再装吧。如果我告诉他，不装防盗窗是为了不像囚在笼子里的鸟，为了清楚地看见红叶李树开花，父亲肯定会更生气。（写到这里，在心里对父亲说声对不起，这么大了还让他老人家操心，真不该。）

从父母的房子到新居，要穿过小城唯一的，也是最繁华的主街，出街后再骑三里路就到了。这点距离，在大一点的城市，真算不上什么，而在只有五万人口的小城，新居所在的小区差不多就算是郊区了。

骑了二十多分钟，到小区后直接走向那几棵李树。还好，还好，雨水对花朵的摧损不大，和两天前没有多少不同。看来李花并非如我想象中那么不堪风雨，它们只是看起来脆弱，实际上要坚韧得多。

我拿出手机，对着李花拍摄起来。站着拍，蹲着拍，离远了拍，靠近拍。在显示屏上看李花，更觉得它们美，花瓣上还凝着昨天的雨滴，清透脱俗。

就在我拍花的时候，一个五十多岁的女人走过来，手里拿着一根刚折下的桃枝。“你是外地人吧？”她问。

“我是本地人。”

“不像啊，你的样子一点也不像本地人。”

“我不光是本地人，还是这小区的住户呢。”

“是嘛，那我们以后就是邻居了，这小区花多人少，我家是最早住进来的。”

“花多人少，多好啊。”我笑起来。下次父亲若再抱怨我把房子买到没人气的地方，我就会说：“爸，你知道吗，那里人虽少，可花多啊，一年四季都有花，轮番开，简直就像是我的私人花园呢。”

花树的智慧

今日春分。

春分是春天的第四个节气，至此，春天就过去一半了。

在皖南，到了春分，才真正呈现出春的气象。山间田间，坡上崖上，一步一花，遍地芳菲。

在所有花中，最抢眼的莫过于油菜花。无论你喜不喜欢，到这时节，都无法忽略油菜花的存在。油菜花盛开时，犹如摇滚乐演出的现场，声势凶猛，不可抵挡，轻易就俘获你的心脏，席卷你。

春分前夜，有雷雨。这是开春后的第一场雷雨。

春天的雷有着温和的性情，即便提高声音，做出很严肃的样子，也还是温和的，并不骇人。

春天的雷就像慈母，在清晨对爱睡懒觉的孩子不停地催促：不早了，快醒醒，再不起床就要迟到了。

在夜里听着雷雨声，还是免不了担心：不知道新居阳台外的红叶李怎样了？

那四棵迟开的红叶李，避开了倒春寒，却还是没能避开雷雨天。

这只能说是命运了。命运给予的东西，是无法拒绝的，对人如此，对植物也是如此。

今天周一，要去单位上班。

下班后直接赶到新居那边。进屋，来不及放下包就走到阳台前。还好，那四棵红叶李的花上虽悬满雨滴，并未露出遭到摧残的不堪模样。

已有两天没来新居看李花了。这两天里，李花虽又开了一些，但枝头上更多的还是花苞——它们仍然开得很节制，没有因为季节的催促，而慌忙地把花苞全部打开。

不得不佩服花树的智慧。

是的，我相信花树是有智慧的。它们知道面对命运中不可躲避的雨天，如何才能减少损伤。那就是，屏声敛息，把一粒粒粉红花苞保持在枝头，等这场骤雨过后，再开不迟。

新居叫『木舍』

昨晚临睡前，忽起念：给新居取个名字吧。

有了名字，书写时就不用老是“新居、新居”的。

“新居”只能是一个暂时的称呼。所有的新居都会变成旧居。

取什么名字好呢？闭着眼，想到“李舍”“木子居”。

这两个名字都和李树有关。而李树，是我在新居最为亲近的友伴。以友伴之名为新居命名，是相宜的，何况对方是树，不用担心侵权。再说了，树比人长寿，如果没有人为的伐害，树的一辈子，将是人的几辈子。把时间放远一些看，这新居，作为人的我不过是个暂住客，而阳台外的红叶李树才是它长久的陪伴。

但是不巧，“李舍”“木子居”都已有了主人，且都是写作者的笔名，其中一位还是我在鲁院时的同学。很遗憾，这两个名字只能放弃了。

取什么名字好呢？“丽舍”“敏舍”，当然不好。

我名字里的这两个字，曾被我嫌弃了很多年，嫌其太俗。直到三十岁后，因为写作的缘故，心态渐渐平和，对人、对事、对物，不再苛求，也不以好坏对错来简单判断、衡量，对自己名字里的两个字也欣然接受，就像是对命运的接受。

当接受之后，再看这两个字，竟然喜欢起来，觉得这两个字放在一起，也算得上是大俗大雅。

但这两个字仍不宜作新居之名。我希望新居的名字是简洁的、安静的，读起来声调是低的，有植物的气息，符合我内心的需求。

想不出合适的名字，便不再想，拉紧被子，一头扎入梦乡。

早晨醒来，又想到给新居取名字的事。不如就叫“木舍”吧。取李字的一半，与李字相关，又不那么直接。

在心里将“木舍”念了几遍，觉得不错。

想起以前，曾有懂易经的人，说我生在秋天，五行缺木，建议取个有木的笔名，可弥补命中所缺，对身体也有好处。当时不懂五行之说，以为是迷信，也就没有放到心上。

现在，我仍不懂五行之说，然我已懂得，对不知之事存以敬畏。那么，把新居叫作“木舍”，也算一种弥补吧。

花开盛时

三月的最后一个周末，晴天。连续多日的阴雨之后，看见阳光，喜悦难禁，如稚子见到分别多日的母亲，直想张开手臂扑上去。

木舍的那几树红叶李，这两日已开到最盛。行至楼道，推门，还未进屋，一抬眼便被阳台外的花焰定住，呆在那里。所谓惊艳，便是如此吧。

古人形容桃花开得好时，说“桃之夭夭，灼灼其华”。而此时的红叶李花，在艳阳下也尽现“灼灼”之声、之色、之光华。

从开始开花到现在，已有十天。这十天里，木舍因红叶李树而成了我的心系之所，只要得空就到木舍这边，看看红叶李开得怎样了。若连着两天没来木舍，便觉不安。这种心情，连自己也觉得难以理解。

有两天持续大雨，不得出门。到第二天晚间，雨稍停时，坐不住了，赶到木舍，拉亮所有的灯，让灯光照到阳台外。但见夜幕中，红叶李花莹白点点，如梦似幻，美得令人恍惚。

阳台西侧，与红叶李同时盛开的还有一树桃花。春节时，我曾在这树上折过桃枝，养在屋里。折的时候，桃枝刚吐出芽苞，毛茸茸的。现在，那些芽苞也都长大，长出叶子，开出花。

印象里，桃花的花姿是妖娆的，颜色是浓艳的。而这树桃花却开得素净、淡雅，色度的深浅与红叶李花毫无二致。

两种不同的树，把花期安排在同一时段，又开出相同颜色的花，仿佛有过约定,仿佛一个在等着一个,一个在模仿一个。这样同步,是巧合,还是另有奥妙?

地球上的生物,同类之间都有自己的语言——人有人语,鸟有鸟语。树与树之间是否也有它们的语言呢?应该有吧,只不过这种语言不是我们所能懂得的,也是无声的。

花开到盛时便是它们的凋谢之时。而花之美,也包括它们凋谢时的美。

端一杯茶,坐在阳台,静静地看红叶李落着花瓣。风大时落得急一些,像奔赴一场约会。风小时落得缓一些,旋转着,旋转着,把空中的短暂之旅当作一次生命之舞,一次飞翔。

梦子的味道

五月的第一个周末，上山摘了梦子。

今年还没摘过梦子，立夏已过，再不上山，梦子就没有了。对我来说，没有摘过梦子，这一整个春天便是荒废了，那种遗憾，就像在年轻时没有过浓烈的恋爱——之后再爱多少次，也无法弥补的光阴缺失。

摘梦子，也是对童年味道的缅怀。

从长满细刺的草丛摘一粒熟透的、颤巍巍的梦子，置入口中，轻轻吮吸，感受更小颗粒的汁囊在舌尖爆破，津甜的浆液溢满口腔，迅速就将你运送到童年的时光。

真是奇怪，人的生命当中，童年所占的比例那么少，却能贯穿并影响整个人生。

童年即一生——我一度是这么以为的。一个人在童年吃过的、听过的、见过的、感受过的，以及遭遇的种种，都将决定此后一生的味觉、喜恶，乃至生命之途的明暗与遭际。

我的童年并不美好，如果要找一个词来形容，只能是“悲伤”，或者“阴郁”。童年是我此生永远也不想回去的时光。但是，在文字里，我又总是禁不住一次次地潜回到童年。当然，那已不是真实的童年，而是经过剪切、柔光、过滤等手法处理过的童年底片。这没有什么不可理解，也算不上说谎，因为这样的书写仍然是建立在真实的基础上，是对童年缺失的心理补偿。

人的记忆是有选择的，有的人选择只记住苦味的部分，而有些人相反，选择只记住甜意的部分。记忆也是有修改和放大功能的，像一滴墨汁落在宣纸上，漫漫就洇开了，洇成一片。

我就是后一种，选择只记住甜的部分并放大它，再以书写的方式，一次次地修改、弥补，重新给了自己一个值得回味的童年，又在反复的回味中延长了童年的时光。这样做也确实是有益的，它使我后来的人生或多或少摆脱了阴郁童年的影响。可以这么说，我以自己的书写，潜移默化地修改了命运之书。

梦子其实就是蓬蘽，蔷薇科悬钩子属，有的地方叫它空心泡、地莓，或野草莓。在所有的名称里，最有诗意的还是梦子。也有一些本地人叫它梦梦，如同对心仪之人秘密的昵称。

成年之后，摘梦子、吃梦子，更像一种仪式，过程的意义要大于收获的意义，精神的满足大于味蕾的满足。

梦子的味道是童年的味道，也是初恋的味道。说得细致一点，就是与心爱的人亲吻时的味道——是亲吻时彼此交换灵魂和唾液的味道。一口干净的、津甜的，那么小却能将人整个淹没的清泉。

花香是一条回家的路

原本是想上山摘莓子的，到了山间，却被正在盛开的野蔷薇和忍冬花给迷住了。

一同出门的还有嫂子和邻居。她们的目的是去竹园拔笋，听说我想摘莓子，邻居说："我带你去一个地方，那里的莓子不晓得有多少（不晓得有多少，就是很多的意思）。"

嫂子开车，邻居坐副驾座引路，到了地点才知道就是茶博园，离木舍很近，从木舍走到这里，大约二十分钟的样子。

"你在这边摘莓子，我们拔好笋再过来接你。"嫂子说。

但我此刻最想摘的已不是莓子了，尽管莓子就在那里，红星星一样，缀满草坡。

此刻我想摘的是忍冬花。我为莓子而来，到达目的地，却被又香又美的忍冬花抓住了心。见异思迁的人性啊。

忍冬为藤生灌木，晚春开花，初开时为白色，之后转为淡黄，开至盛时倾覆如瀑，黄白相间，所以乡间又叫它金银花。

但是眼前的忍冬花并非乡间常见的黄白之色，而是淡红。花苞的色度又更深些，接近紫红了。心里有些疑惑：这些花是野生的吗？好像不是。但它们也不像是公园里的植物，有人工侍弄的迹象。这些忍冬很随意地生长在路边和茶窠地里，与杂草纠缠在一起，匍匐于地，或缠绕在茶树上，完全是自由散漫的野生状态。

茶博园属于本地农业示范区，我只来过两三次，中间相隔也有好几年。我想不起第一次来这里是哪一年，也想不起是和谁来过这里。人到了某个年龄段之后，对光阴流转既敏感又迟钝，一年一年地过去，匆促又浑然不觉，有些事想起来以为是不久前发生的，其实已过去了很多年。

茶博园已不算野山头了，这些忍冬花能不能采摘呢？带我到这里的邻居说她去年就来采过，而此时，也有三三两两的人，手里提着篮子，在不远处采摘着什么。

我不再犹豫，在一丛忍冬花前弯下腰，一朵一朵地采摘着。

采花算得上这世间最美的劳动了。做一个芳香的采集者，应是这世上最幸福的人吧。

虽色泽不同，红色的忍冬与黄白的金银花在香气上并无区别。而我之所以见着这忍冬花便拔不开脚步，也是因为它的香气。我太熟悉这香气了，就像记得小时候父母留在枕巾上的气味。在充斥着各种复杂味道的人间，在闻过各种类别的气味之后，我仍能轻易地记起它们，辨认出它们。在不期而遇中再次闻到时，心口会生出亲切感，仿佛这气味就是一条通往生命源头的路。

人的头脑里一定有个“气味档案室”，这档案室里记录的每种气味都对应着一段时光，一段生活，一次经历。比如有些气味，叫童年；有些气味，叫青春。也有叫作厌恶、寂寞、恐惧、沮丧、死亡的气味，只要一闻到，就会产生相应的情绪，如同精神的化学反应。

人体的气味是会发生改变的，不同的生命阶段有不同的气味，不同的季节有不同的气味，甚至心情不同，身体散发的气味也会有变化。

心情愉快的时候，身体散发的是淡淡的果香，爱上一个人时，这果香就会变得浓郁起来，几乎让自己也为之沉迷。悲伤或郁郁不欢时，身体的气味会变得像隔夜的茶，一股驱之不去的馊酸。

父母在进入老年后，留在枕巾上的气味不再是年轻时候的了。流逝的光阴悄悄改变着每一个人。时间面前，人与大自然中的草木是一样的，在季节的变更中由荣到枯，直至萎去。

好在忍冬花的气味没有改变，当我闻到这香气，顷刻间就回到自己的村庄，回到屋后的山岗——背着茶篓采茶的少年时光。

如果绿茶也有伴侣，那么当之无愧就是忍冬花了。

植物的香气有很多种，有荤香、有素香；有甜香、有药香；有令人窒息的毒香，也有若有若无的暗香……金银花的香气属于怡神静心的素香，脱水制干后，清新中多了份沉郁，接近于药香，又不似药香那般苦寒。这种香气，唯有绿茶可以驾驭。

或许是自然之神有意地安排吧。在茶叶长到可以采摘的时候，忍冬花，或者说金银花也迎来了开花的季节。更为奇妙的是，金银花的香气与炒熟烘干后的茶叶香气天然地融合，彼此衬托，相互提升。

茶树是这样一种植物，它很善于吸纳山野花木的气息，把自己当作芳香收纳所，让香气顺着叶脉，浑然不觉地进入体内。这样，当花朵枯萎落入泥土时，那些游灵一样的香气仍然留驻于世，只不过换了另一个载体存在着。

这也是茶叶与金银花在一起，香气能够那么融合的原因吧。事实上，茶叶生长于山野时，便悄无声息地吸入了金银花香。这就意味着，它们在灵魂上早已彼此相识，互为知己。

我家后山岗上的茶窠地里就有很多金银花。那是名副其实的金银花，野生的，在春末垂挂下大片黄白相间的花瀑，四处蔓延。而此时正是绿茶生长的顶峰时期。清晨，太阳还未起山，我和哥哥便背着茶箩，跟随父母，踩着露水上了山。清晨里的一切都是新的，空气里更是芳香密集。我们和茶树一样，大口大口地吸着花香，直到肺腑被香气浸透。

到了立夏，茶窠地的采摘就收尾了。父亲这时会采一些金银花回来，摊开在竹匾里，在太阳下晒干。

晒干的金银花黄中带褐，掺进深绿色的魁尖茶里，装进一只大洋铁鼓子，这就是自家一年喝的口粮茶了。这样的茶我喝了很多年，却不知道它们的气味是否也已渗入我的灵魂。

应该是吧。

当我低头采着花，在花香的带领下神游于少年时光时，忽然听到嫂子喊我的声音。

“丽敏，梦子吃饱了没有？”

这声音一下子把我拽回到现实。“这么快就过来了啊，我在采花，一棵花还没采完。”

我看看身边的竹篮，虽说一棵还没采完，倒也装下小半篮了。

“山头的花更多，我们到山头采去。”邻居说。

我把竹篮递给嫂子，“你上去采吧，我去摘点梦子，光顾着采花，到现在一颗梦子还没吃到。”

嫂子接过篮子上山去了。我离开路边，向结满梦子的草坡走去。

薄荷味的生活

五月过去一半，木舍的红叶李快成熟了。

今年红叶李结果不多。嫂子说今年是红叶李的小年。

植物，尤其是果树，有大年和小年的间隔。到了大年，果树会使劲地结果，把枝丫挂得满满的，几乎要压断枝条。到了小年，果树就进入休假期，漫不经心地结上几枚，仿佛完全忘记了自己是一棵果树。

果树当然不会忘记什么，只不过在大年里确实消耗太多了，需要休憩。等这年过去，果树积蓄了足够的生命能量，并且又有了强烈的结果欲望之后，才会带着这股子劲头进入大年。

人也是这样，比如作家，完成一部作品，如释重负的同时，也会有把自己掏空了的虚脱感，觉得一点力气都没有了，再也不想写作了。此时，作家最应该做的事就是离开书房，忘记写作这件事。去做别的，做那些和文字无关的事：出游，与喜欢的人约会，或者做做美食，种种花草。当写作的欲望重新汇聚，鼓胀得人坐立不安，一刻也不想耽搁的时候，写作才是一件愉悦的事，而不会成为折磨人的苦役。

过去的一个月里，木舍的电器已配齐。之前犹豫不决买还是不买的那些，都陆续买来。对简单的起居来说，这些电器虽作用不大，但一个家没有这些，又显得过于清简，少了日常生活的气息。

电器里没有买的就是空调，不打算买了。装灯具的时候，特意给客厅和卧室装了电扇灯，有复古的美感，简洁，也实用，夏天用它们纳凉就可以了。

木舍的网络也已装上，对我来说，网络是不能少的。一周前添置了笔记本电脑，很轻便，不上班的时候，可以背着它到木舍这边写作。

木舍买得最多的是碗和盘子，价格不菲。玻璃杯买得也多——用来养水培植物。当然，这“多”是相对于一个人的生活而言。

木舍养的植物里最近也有了新居民，是月初从花店买来的，一盆小薄荷。

薄荷的味道是我喜欢的，用的牙膏、香皂，都是薄荷味。有几年，对薄荷味的东西甚至喜欢到偏执，口袋里总是放着绿箭，嘴里也不停地嚼着薄荷味口香糖。就像那些烟民，离了烟就会焦虑，是一种上瘾。

清凉、洁净，甚至有轻微的洁癖、避世，这是我对薄荷味的感受。一个女人，或者一个男人，身上如果也有这种味道，那么这人一定是不喜欢热闹的，偏爱的词汇里应该会有“独自”“清净”“自然”。

一个身上带着薄荷味的人也是自恋的。自恋不是贬义词，而是中性词。一个适度自恋的人，其实也是对自己有要求、不放任自己的人。

但对于薄荷这种植物，我还是第一次接触，真算是“神交已久，初见芳容”。很快，就从朋友那里得到了一些养小薄荷的经验，给它分盆，打顶，将长得过长的部分剪下一截，养在玻璃杯里。

多余的薄荷叶也被摘下来，三四片，用水洗一遍，和茶叶一起放入杯中。

当淡绿的薄荷茶进入口腔，气味贯入脑中，沁入心脾，才知道，以前所食的薄荷都是赝品，是经过加工的、不纯粹的。我一下就迷上了这种天然的薄荷味。这不可形容的味道，只有到了生命的某个地方，才会与之有灵魂的相亲，彼此接纳，超然忘我。

小薄荷

多像我的妹妹呀
轻微厌世的妹妹
总想把自己隐藏
在角落里
默不作声的妹妹

除了角落里的寂静
她不占据什么
除了一身清凉的叶子
她不拥有什么

每片叶子都有山水
每片叶子都那么自足

亲亲土豆

有树的地方就有鸟鸣。如果这树还会结果子，果熟期，鸟鸣就会越发地欢畅起来。

新居木舍的红叶李此时正是果熟时节，虽逢小年，结果不多，却也招引来众多天性快乐的鸟雀。

鸟雀的声音无论多么驳杂，都是悦耳的，不会成为噪音。鸟雀们大约也是知道这一点的，所以会不停地鸣唱，愉悦自己，取悦同伴，向赋予它们美味的果树表达谢意。

在树枝间歌唱，算是鸟儿对果树的回馈吧。沉默的树有了鸟的歌声，就像一座房子有了炊烟、灯火，它不再只是一座房子，而是一个家，有了生气和温度。

早晨六点半，背上背包，骑上自行车，从父亲的住处来到木舍。

背包里有笔记本电脑和足够一天吃的食物：红豆粽子、黄瓜，以及几个蒸熟的土豆。

这些食物是昨天从乡下带回来的。土豆也是昨天收获的，和嫂子、侄儿一起，三个人在菜地里挖了小半天。

说起来这还是第一次挖土豆——不记得小时候有没有挖过，也许跟在大人后面捡过土豆吧，就像现在，侄子跟在我和嫂子后面捡拾挖出来的土豆。但那已是很遥远的事，和很多往事一样，蒸发于空气，不留印记。

小时候种土豆的事倒是记得。入冬时，就把做种的土豆留好，放在竹筐里，一个一个排列开，中间留些空隙，再把竹筐挂在堂屋的屋梁上。

挂在屋梁上的东西很多，季节不同，挂的东西也不一样。春天挂的通常是咸鱼、腊肉，夏天挂的是艾叶、新蒜，秋天挂的要多一些，风干栗子、野柿子、老玉米、干红辣椒。

东西也不是直接挂在屋梁上，而是在梁上钉进钉子，在钉子上挂一根挂钩，再把东西挂在挂钩上。

屋梁上挂了东西的人家才是过日子的人家，进门出门，看一眼，心里会很踏实。

东西挂在屋梁上，不只是为了看，也是为了防止老鼠们祸害。若是搁在地上，过不了两天，就得让那些尖牙利齿的家伙们啃得不像样。

乡下的房子里都有老鼠，它们习惯了与人同居、同食。它们把窝安在人无法找到的地方，白天屏声敛息，假装不存在，一到夜晚，就把自己当成了房子的主人，大摇大摆地出入，甚至弄出骇人的动静来，仿佛一支部队，在头顶的阁楼上轰隆隆来，轰隆隆去。

家里人全被它们吵醒了，又没有办法，总不能不睡觉，到黑咕隆咚的阁楼上去抓老鼠吧。母亲倒是有一个办法，一听到老鼠造反的声音，就使劲拍床板，砰砰砰，砰砰砰，老鼠们瞬间安静了，但也只是安静一会，发觉不过是虚张声势，就又开始它们丰富神秘的夜间生活。

屋子里没有老鼠到不了的地方，但悬空挂在屋梁上的东西就望尘莫及了。土豆种也因此安然地度过了冬天。

到了立春，父亲将竹筐从梁上取下，里面的土豆已发芽了，看起来就像节肢动物，伸出许多细长的腿。

父亲将土豆在木板上切成块状，插到地里，每块土豆的芽尖都朝上，薄薄地覆一层土，盖一把草木灰。

草木灰是秋末冬初时烧的。乡间把烧火堆叫焐火堆。地里的杂草、秸秆晒干了，拢到一起，压上土，远看像一个大黑馒头。烧火堆是有窍门的，火堆中间要架空，将火引子点着，伸进去，火焰很快就蹿起来了，呼呼有声。

烧了一会，火焰就低下去——盖在上面的土压住了焰头，使明火变成暗火，在土下缓缓地释放着热量，吐着烟。

吐着烟的火堆边上总围着几个孩子，孩子们在火堆里掏一个洞，将从家里偷偷拿来的土豆埋进去。一顿饭的工夫，香味就从火堆里钻出来了。

香味越来越浓，像一个告密者，逢人便迎上去，拽着他，把他引到火堆边上。

火堆边上不见人，孩子们到别的地方玩游戏去了。等孩子们想起来，跑到火堆前，掏出埋进去的土豆，在地上滚凉，掰开后，却大失所望——土豆烤过了火候，变成黑炭了。

有耐心的孩子还是能吃到烤得正好的土豆的，埋进火堆后就守在一边，盯着，不再走开，就算头顶飞过一只巨鸟也不能使他分神。香味钻出火堆后，也不急着去掏，等香味变浓了，几乎要将人掀翻时，再伸进木棍，将表皮微焦的土豆拨出来。

在火堆里烤熟，是土豆最简单、最原始的吃法，也是最美味的吃法。

迟子建有部小说叫《亲亲土豆》，开篇的一段写土豆开花，“如果你在银河遥望七月的礼镇，会看到一片盛开着的花朵。那花朵呈穗状，金钟般垂吊着，在星月下泛出迷幻的银灰色。当你敛声屏气倾听风儿吹拂它的温存之声时，你的灵魂却首先闻到了来自大地的一股经久不衰的芳菲之气，一缕凡俗的土豆花的香气。你不由在灿烂的天庭中落泪了，泪珠敲打着金钟般的花朵，发出错落有致的悦耳的回响，你为自己的前世曾悉心培育过这种花朵而感到欣慰。”

在银河遥望，这是天堂之上的视角，或者说是逝去者的视角。

《亲亲土豆》就是写一个生活在北方的庄稼人，从土豆开花到土豆收获时的一段生活——也是他生命最后一段日子的生活。和土豆一样，他终身都和妻子生活在泥地里，品性也像土豆那样，淳朴、卑微、可靠又温暖。土豆是他一生的粮食，也是他一生命运的象征。在他去世后，妻子将他收获的土豆堆放在他的坟茔上，他也就和自己种植的庄稼融为一体了，成为大地的一口粮食。

比起北方，南方的土豆开花要早得多，茶季过后，土豆就开花了。土豆花有白色和紫色，据说还有粉色——那是我没见到过的。

几年前我曾为开花的土豆写过一首短诗：

美好的事物那么寂静
花朵在黑夜里漫步
黑夜在花朵上聆听
泥土下的生长不动声色
喜悦与疼痛，不为人知

写这首诗的时候，我才第一次俯下身去看土豆花。而在之前，那么多年，我从没有留意过土豆的花朵,甚至以为土豆是不会开花的。植物作为庄稼存在时,人们更注重的是它们的果实——实用的部分,而忽略了它们的花,即便它们的花也是美的、芬芳的。

只有在挖土豆时,才能理解“土里刨食”这个词。

土豆长得浅,手里的锄头抡下去,用力太猛,很容易就把土豆挖破,看着土豆裂成两半,简直有种犯罪感。挖土豆是不能真挖的,而要把锄头放低,贴着泥地,刨。刨的力度比挖要温和得多,这样出来的土豆就是完整的,不会破损。

“挖土豆前要先把土豆禾子拔去。”在另一片地里挖土豆的邻居看我和嫂子笨手笨脚的样子,忍不住放下自己的锄头,走过来,教我们怎么挖。

邻居帮我们拔了一畦地的土豆禾子。一些土豆在拔禾子时自己蹦了出来,在地上打一个滚,仰面躺着。我几乎能感受到它们此时的快乐,像那些在屋子里关了很久的孩子,忽然被释放出来的快乐——天空如此辽阔,空气如此自由。

美好着，荒废着

周末，一早到木舍，先给阳台的几盆植物浇水、松土，侍弄好它们，再烧水泡茶给自己喝。

小薄荷分盆后已打顶过几次，剪下的枝条养在水杯里，在窗台上摆开一长溜，阵势颇为壮观。

自从养了小薄荷后，每次来木舍，泡茶时都会摘几枚叶片入茶。我喝的是绿茶，性偏凉，薄荷也是凉性，按说不宜多喝。但我喝下去并没有胃寒不适的感觉。可能是入夏的缘故吧，到了夏天，人体更需要清凉的饮食，以此平衡体温。

一周前移栽了两棵牵牛花到花盆里，把花盆搬到卧室窗台，将花藤绕上窗栏。移栽时有些担心，不知能不能栽活，而现在，这两棵牵牛花的藤蔓已紧紧缠在窗栏上，其中的一棵竟然长出了花苞，斜斜地伸出窗去，白中透微紫。

牵牛花是立春时撒的花种，撒在楼下的小院里。

小区的房子一楼都带有小院，朝南，近二十个平方米，适合养花种草。去年买房时我曾犹豫过，要不要买带院子的一楼？有了院子，我的园艺梦就有生长的土壤了——虽然我对园艺完全没有经验。

犹豫两天，还是选择了二楼。皖南雨水多，湿气重，尤其是梅雨季，一楼的房子简直成了水屋，地面泛潮，墙壁凝着汗珠样的水滴，挂的镜子也蒙着厚厚的水汽。在这样的环境里居住，对身体显然是不利的。

木舍楼下的房子现在还空着，没有装修，院子也荒在那里。我就自作主张，暂时做了院子的主人，隔一段时间走进去，拔草，捡掉装修工扔下来的垃圾杂物。

去年秋天，在乡间收了不少花种，小牵牛、太阳花、指甲花、紫茉莉、鸡冠花、波斯菊——都是村里人家门口常见的，好养活又开得长久的花。

我将花种撒在院子靠近木栅栏的地方，想象着，不久之后，这些花将顺着栅栏抽出枝叶，攀上木栏，长成一道花篱笆。

不知怎么回事，那些黑黝黝的种子在我撒下后，似乎沿着某个秘密通道逃走了。如今已是六月，想象中的花篱笆还没有长出雏形。牵牛花倒是长出几棵秧子，紫茉莉也长了几棵秧子，还有波斯菊，秧子纤细，刚长出两寸长。即便如此，我心里还是喜滋滋的。这些花，每种只要长成一棵，就算成功地完成了“移民”——它们将会在秋天留下种子，更多的种子。

小院外面其实是有花篱笆的。花篱笆就在红叶李树外侧，紧挨着红叶李树。

那花篱笆也是我喜欢的植物——大叶栀子，此时正是花季。

今年闰六月。不知道是不是这个原因，今年的物候比往年略迟一些。往年这个时候，栀子花已开得满树腴白，而今年，端午已过去几天了，栀子花才醒过神来，慢腾腾，懒洋洋，从绿叶丛中端出几朵白花来。

阳台植物浇完水，自己喝的茶也泡好了，换鞋下楼，去采栀子花。

栀子花是初夏的尤物。在初夏没有采过栀子花，没有闻过栀子花的香味，便是有缺憾的，是荒废。

好在我生活的这座小城，无论城区还是郊野，都有栀子花的身影，山栀子、大叶栀子、小叶栀子，随处可见。栀子花和别的花不同，别的花，比如此时也在开的蜀葵，就不宜采摘，经过时，看一看就行了，若上去采折，便是伤害。

而栀子花开时，是需要人去采的。采回家，插瓶，净水养着，放在案头——雅致一些的说法就是清供。

但栀子花又不宜多采，三五朵即可，采得多了，香气就会挤满屋子，大水一样将人淹在花香里。栀子花的香气很浓郁，不像兰草，香得内敛、节制。栀子花一旦打开花瓣，就是一头栽进去的香法，不管不顾，倾尽所有。

在花篱笆里，挑那将开未开的栀子花采了五朵，抬头时，冷不防撞到红叶李的果子上。

站在树下，才发觉红叶李的果子有不少，早晨的光线柔和静谧，投在果子上，如镀了一层蜡光，格外诱人。

捉住一颗果子，捏了捏，还是硬的。硬的便是没有熟，也不知道它们会不会熟，应该是会熟的吧。长在树顶、日照多的果子可能已经熟了，不然怎么会引来那么多鸟儿，在树间飞起飞落，殷勤鸣唱。

对着红叶李果子看着，看得出神，竟觉得它有一种难以言说的美。果子都是美的吧，时光赋予的圆润之美，让人沉迷。

忍不住还是伸出手去。就算不为吃，也要摘几颗，放在盘子里，坐在一边，看着，呼吸它的气息，也是一种幸福。

李子的味道

更多的是酸、涩
也有细微的
不易觉察的甜

咬一口，声音清脆
一片瓷
在唇齿间裂开

比起味道
这咬开的声音
更动人，更甜

破碎的美
针尖刺进花蕊的美

你吞下它的果肉
想流泪，又想欢笑
终致哑口无言

一杯兴之所至的香草果茶

昨晚在木舍过的夜。原本打算过完夏天再住进木舍。

为什么不搬到新房子里住呢？当别人问起时，我会说，刚装修好，有甲醛，让房子透透气，散散味道。

这是能说出的原因。其实并不是这个原因。房子装修好后窗子一直敞着，又摆了不少植物，早就闻不到异味了。也说不出是什么原因，就是拖延着，不想住进木舍。

白天没事的时候，我会过来，有时清早就来了，一整天待在木舍。在阳台喝茶，看一会外面的树，看风把树吹得弯过来、弯过去，听鸟鸣，再看几页书，用手机给植物拍照，在手机上写一首诗或一篇文，有手提电脑后就在电脑上写，很快，一天就过去了。傍晚，我会收拾好东西，关上电闸，离开木舍，回到父亲的住所。

为什么不住在木舍而要回到父亲的住处？说不清。可能还是怕冷清吧。白天的冷清是安静，夜晚的冷清就有些瘆人。小区住的人又少，更显冷清。

昨天傍晚，关上电脑准备离开木舍时，才发现外面起风了，天色阴沉得厉害。

不会马上下雨吧？我抱着侥幸，刚走出小区门口，大雨就浇了下来。赶紧跑回木舍，短短两分钟，鞋子和衣服淋得透湿。雨一时半会停不下来，看来是必须要在木舍住下了，那就顺从天意，住下吧。

任何房子，只要关上门，在深山还是闹市，没有什么区别。对住在房子里的人来说，重要的是有一颗安宁心。心是安宁的，住在山洞里也会泰然自若。

而我此时的心就是安宁的，安宁又踏实，白天有过写作的缘故。

写作就是对心灵的安顿、安抚，是生命的内生长，情感的放置，精神的新陈代谢。尤其是写完一首诗之后，会很清晰地感受到一种内在生命的更新，仿佛又蜕去了一层旧壳，内心充盈着平静的愉悦。

写作，滋养的首先是作者，然后才有可能滋养他人。

之所以能对简单的生活毫不厌倦，也是因为写作的缘故。当精神被写作照亮，对物质生活的欲望、要求，就会降低。

木舍没有储存食物，不过厨房里还有点吃的，中午嫂子送过来的蒸土豆还剩三个，还有早上带过来的苹果、小坚果，足够饱腹。

杯子里还有半盏香草果茶，将蒸土豆和苹果切开，放入盘中，坚果装入小碟，茶添满，端上餐桌。

所谓香草果茶，就是薄荷茶里加一颗李子。

早上摘的红叶李果子，洗净一颗，去皮，切开两半，放入喝了两开的薄荷绿茶里。茶饮过两遍后，味道就淡多了，加入李子肉，味道又变得丰富起来。李子的汁液在破开后渗出，融入茶水，混合着淡淡的薄荷香、茶香，饮一口，有夏夜凉风吹过芳草绿岸的味道。但这种茶是不能多喝的，更不能空腹喝，会伤胃（这是百科问答上说的）。我也只是偶然兴起喝这么一回。

不论好坏与否，在兴之所至时，跟随自己的心意，听凭直觉的引导做一些事，会获得简单而纯粹的快乐。这快乐和创作的快乐很近似，和童年玩游戏的快乐也很近似。而我们在成年后之所以很难感到快乐，就是因为离开童年太远，越来越远，太像个大人，太有理智，太知道什么是有益的，什么是有害的。

食草者

在木舍住下后，接连两个早晨吃的都是野草拌面。

草是晨练时在山坡上采的。木舍所在的小区在郊外，周围是稻田和村庄，走在任何一条路上，都可以看到面目熟悉如同故友的野草，沿着路边的河沟和坡地生长。

黄梅戏里有个经典剧目叫《打猪草》，我很小的时候就会唱，“郎对花姐对花，一对对到田埂上，掉下一粒籽，发了一颗芽，红杆子绿叶开的什么花……”不只是我，村里的大人、孩子都会唱。大人只在特别开心的时候才会唱，孩子们呢，只要走到山间田野，就会扯开嗓子唱，比赛着唱，一边唱一边打着猪草。

那时候每户人家都养了猪。每户人家除了自己住的房子，还会在房子边上搭一间猪栏。主妇们给家人做饭的同时，不能忘记给猪烀猪食。人吃三顿，猪也吃三顿，且吃得比人更多、更快，饿得也比人更急，一饿就不停地哼哼，跑到主妇身边，用脏乎乎的嘴拱着主妇的脚后跟。

猪食总是不够吃。家里的孩子，除了上学，另一个重要的任务就是打猪草，一放学就得背上竹篓，挎上篮子，去田埂，去山间。

孩子们打猪草时都结着伴，没有单独去打猪草的，单独打猪草就太没意思了，连个说话的伙伴也没有，遇到好玩的事，比如看见两只蚂蚁打架，也没有人一起看。再好玩的事，没有人一起看也就不那么好玩了。

结伴打猪草就不一样，可以编故事讲给对方听，可以唱歌，唱黄梅调，唱《打猪草》里的“郎对花姐对花”。三四个孩子一起去打猪草，家里的大人也放心些，孩子们一起做一件事，还会暗暗较劲，希望自己打的猪草比别人多，比别人好。

孩子们在一起还会比谁认得的猪草多。野地里生长的草，不是什么都可以扯回家喂猪的，有些草看起来一副善良模样，却是有毒的。还有混在草里生长的野菇子，不小心采回家，给猪吃下去后也是不得了的事——村里每年都有一两头猪因此死掉。对主人来说，死一头猪，比自己生一场病更叫人难过。猪没了，一年吃的猪肉、猪油也没了。

我计算过自己认得的猪草，有十多种，麻叶子、马齿苋、蛤蟆草、野芝麻、蒿子草……这些猪草也都是猪爱吃的，不会在吃的时候将它们拱出食槽。

猪看起来没心没肺大大咧咧，其实很挑食，长老了的猪草、味道不佳的猪草，总是遭它们嫌弃。

大自然是孩子最好的课堂。我庆幸自己出生在20世纪70年代。那个年代，食物虽不像现在这么丰富，却也不匮乏，且都保持着天然的味道，没有被污染。那个年代的孩子有可以戏水的干净河流，有可以探险的山林、奔跑的田野，可以和山间的动物、植物一样吹风沐雨，自然生长。而现在的孩子，除了学习，夜以继日的学习，已没有更多的生活，对大自然隐秘的乐趣更无体验。

当现在的孩子长大后，回想自己的童年，会想起什么呢？有什么是滋养了他们的生命，并在生命中扎根的？有什么是给予他们欢乐，塑造了他们灵魂的？

自然从不向人索取，却能给予人需要的能量：物质的、精神的。只要你不贪婪，需要的能量适度，自然就不会让你失望，不会让你走进去后空手而归。

离开村庄进城读书后，我就没有打过猪草了。那之后，家里也不再养猪，猪栏拆掉，做了杂物间。

没过几年，村里人家也都不养猪了，唱黄梅调的人变得很少，走上田埂，也听不到“郎对花姐对花”的童音对唱，只有那些曾被叫作猪草的野草还在生长。

无论人采不采，它们都在那里生长。

当我于几十年后，在路边山坡再遇到这些熟识的猪草时，突然生出温暖的饥饿感，想再次采摘它们，把它们带回家，闻它们的气味，尝它们的味道。

我不担心它们是否有毒，只是担心，它们是否被人打了除草剂。

“小心，不要采路边的。”我对自己说。路边的野草很可能打了除草剂，田埂、地沟，都是除草剂和杀虫剂的泛滥区。

野草采回了五种，叫得出名字的有野苦麻、野葡萄、艾蒿、益母草，还有一种闻起来有股子香气的，死劲想也想不出名字，但我确定，它是小时候采过的——不仅采来喂过猪，家里人也吃过它，当野菜吃。

回到木舍，在灶上烧一锅水，将采回的这些洗净，水烧开后放入锅中，烫熟，捞起来放进冷水里浸着，将汁液浸出一些，再捏成团。

如果这些野草的味道是我能接受的，以后就可以常去野地里采它们了。做一个食草者，多么好，不必拥有土地，不用种植，就可以享用大自然绿色营养的供给，并且不用付出购买它们的金钱。

那些绿盈盈的野草团子，切碎后放入酱油、醋，淋上芝麻油，野香浓郁如同夏之山谷。只是口感上仍有些粗粝，不如家养蔬菜细嫩。这就是野生与家养的区别吧，野生的没有施肥，全靠天长，而家养的却与之相反。

这区别不正是野生的优点吗，保留了更多天然成分，让食者的味蕾也有了粗犷原始的体验。

第二天，终于想起了那种有香气的野草名字，它就是苦叶菜呀，也叫败酱草，小时候常在屋后茶园里采它。苦叶菜喜欢和茶树长在一起，味道也近似茶，和茶一样清凉、微苦，细嚼之后，又在舌间留下清香绵长的回味。

诗意栖居于大地

连着下了几天的雨歇了。清晨五点，在鸟声的催促里起床。洗漱完毕，提了篮子，下楼去采栀子花。

两天前，有读者在我文章里读到采栀子花的事，留言说栀子花可以采来晒干，放在枕头里，有助睡眠。

我回复：等天晴去采些来晒。

我的睡眠尚可，只是质量不高，多梦，一年中也会有几天失眠的日子，头脑里像有一盏灯亮着——开关失灵，怎么也拉不灭它。若某天半夜突然醒来，长久无眠，接下来的几天也必然如此，似有个闹钟在提醒，时间精确得分毫不差。我并不焦虑，睡不着时就让自己醒着，听夜里的声音，想象与声音相关的故事。如果不是半夜醒来，就不会知道夜晚还有那么多生物醒着，以声音表达着生命的愿望，向夜晚倾诉着秘密和孤独。

住在木舍的这几天，每夜都醒来，之后，耳朵会长出翅膀，从窗子飞出去。

不知是生活范围的改变还是另有原因，今年听到的自然之音比往年要多得多，尤其是布谷鸟的叫声，从看不见的高处传来，令天地空阔、清远、宁静又湿润。

还有一种鸟，比所有鸟醒得都早，天没亮就在叫了，有时半夜也能听见它的叫声："赶早发棵，赶早发棵……"，似性急的主人，不停地催促着家人起床，不要睡懒觉。乡间的人称这鸟为“发棵鸟”，这称呼源于它的叫声。乡间人习惯用鸟的叫声给鸟命名。

这鸟也是乡间的吉祥鸟，它的叫声就像一种祝福。在乡间，“发棵”是繁衍生长的意思。村里有年轻人结婚，长辈会在新人的床上撒上花生、红枣，嘴里说着，“赶早发棵，多生贵子”。

蛙声在夜晚是所有声音的背景，天将亮时，蛙声就会隐去，时间在这里仿佛有个分割线，之前是夜，之后是白天。蛙声隐去后，有几分钟，耳朵会遁入声音的真空——万籁俱寂如太虚之境。但很快，鸟雀的声音就浮出水面，声波在晨光中跳跃，起伏不止。

昨天午后还听到夏蝉的鸣声，就在木舍阳台外。走到阳台去看，是从西边的桂花树里发出来的，叫了几声就息音，像试探着什么。

这几天下雨，栀子花开得有些迟疑，更多还是青色的花苞。我只采了木舍楼下的大叶栀子。按说这些花不是我种的，不能采，不过人都会有这样的心理，觉得长在居所边上的东西等同于自己的，再说小区里极少人住，而花又多，采摘一些，并不觉得不妥。

“现在采一些不要紧，如果住的人多了，就不要采了。”我对自己说，算是给自己一个采摘的借口。

很快就采了小半篮栀子花。白的栀子花在竹篮里很好看，简直想把它们提到集市上去卖。

往年也曾在集市上买过栀子花，一块钱一束，一束有五六朵。卖花的人是住在城郊乡村里的老人，栀子花是家中院子里种的。一篮栀子花卖不了多少钱，不过卖花这件事，本身就很美好，一种古老、朴素又富有诗意的生活。这些老人不止卖花，还卖自己种的蔬菜、土鸡蛋、咸鸭蛋、野菜、干菜，卖家里果树结的果子——在它们成熟时采摘下来，放在竹篮里，提到集市上去。

这些老人才是真正诗意栖居于大地的人，只是他们自己并不知道，也无须知道。付出劳动，在土地上种植，在收获的季节里采摘，即便收获的东西换来的只是一份微薄的收入，也是能让人安心、满足的。

但是这种生活并不是每个人都愿意去过的，因为辛苦，也因为卑微。如果有一天，农民的生活——在土地上劳作的生活，成了一种趋势，成了理想的生活方式，人们是不是会活得更踏实，更简单、愉快一些。或者像我们总用“快乐”和“自由”比喻的鸟雀们一样，每天只寻求当日所需的食物，没有更多物质需要，也不需要更多劳动，每天最重要的事便是吟游、歌唱，从清晨唱到黄昏，到暮色降临时。

游戏人生

一周前采的李子已软了几颗。李子软了就可以吃。怎么吃呢？正准备煮面当早餐，厨房里没有配料，不如切几颗李子放进去。

以前没这么煮过面——把面和李子一起煮，也没在别处见过这么做面条的。不过一想，既然可以煮西红柿面，李子也就可以吧。

面条是包容性很强的食物，不拒绝与一切别的食材同煮。味道上的可塑性也强，酸甜苦辣咸，皆可吸纳，把它们变成自己的味道。面条又亲民，老人、小孩；穷人、富人，都可以吃，没有贵贱之分。一种味道的面条吃腻了，就换一种。汤面吃腻了，就换干拌面、焖面、炒面。

我是江南人，按说应该喜欢吃米食，而不是面。但我每日所进的主食中，更多的却是面。喜欢吃面的一个主要原因还在于，做起来简单，又快，烹煮的过程中没有油烟，很安静地，一碗面就做好了。

我吃的大多是筒面，超市里买的那种。住在湖边的十多年里，经常吃的就是西红柿面。把西红柿切开，入水煮，待西红柿软烂、酸味释出之后，再放面条。很快，面条吸入西红柿的汤汁，变成红色。我吃西红柿面不放任何调料，油和盐也不要。面汤煮得略干，让西红柿的汤汁完全被面吸收。

李子与西红柿一样，味酸，但酸味更浓一点，不能放多。洗了两颗果肉变软的李子，切成片，放入烧开的水里。

切开的李子，果肉是殷红的胭脂色，本地人也叫它胭脂李。入水煮了半分钟，水就染成浅红色，果肉在沸腾的水花里翻动，仿佛又获得生命。

放入面条，用筷子搅动，让面条没于水下。两分钟后，面半熟，熄火，盖上玻璃锅盖，让它焖着。又过了两分钟，掀开锅盖看，面条已全熟了，连汤带面一起倒入大碗，刚好装得八分满。

碗里放了些芝麻油，少量酱油。没有放盐，醋也不用放了，李子的果酸就是天然的醋。装在碗里的面条呈淡红色，看不见李子肉——已经融化到汤里了。

顺手捡起餐桌上的几片玫瑰花瓣，放在面条上。食物的味道固然重要，看相也是重要的。以前并不注重这些，但现在，我会让做出来的食物，哪怕只是一碗面，也有点看相。这并不难，利用现成之物，稍加点缀便可，比如玫瑰花刚落下的花瓣，比如楼下草地的艾叶、花盆里香薄荷的绿叶。

李子面的味道与西红柿面相似，又比西红柿面酸得更为浓郁。这味道正是我喜欢的。我从小就是嗜酸者，也嗜甜。

据说成年后依旧嗜酸喜甜的人，都保留着孩童的天性。我喜欢这个说法，虽然没有科学依据。我希望，即便到了老年，依然保持着孩童的天真，对熟悉的世界仍抱有好奇和探索之心，并以游戏的，或者说好玩的心态去看待事，做事。

年轻时，对“游戏人生”的生活态度是不敢认同的，觉得生活是很严肃甚至严酷的，人生也是必须要严谨对待的。那时，我很少笑，与一切保持警惕的距离，容易紧张、自责，对自己也比较严苛。不知道从什么时候开始，也就是近十年的事吧，我把内心的桎梏解开了，让自己向孩子学习快乐，向老人学习从容，向植物学习简单与自然，宽容地对待自己和别人，听从内心、顺从天性地活着，做自己的朋友、玩伴，而不是自己的敌人。游戏人生，为什么不可以呢？卸下包袱，带着游戏的心情去做事，做喜欢的事，更容易获得快乐与满足。

一碗李子面很快就被我吃完了，碗里还剩两口面汤，玫瑰花瓣浸在汤汁里，粉红，微微打着卷。那汤汁真浓，酸味刺激着味蕾，像一首曲子结束时的高音部分，又像一部电影接近尾声时最触动人心的部分。

一日盛放如玫瑰

采回来的玫瑰花开一天就落了。

玫瑰花养在马克杯里，摆在卧室床头。早上醒来，见床头柜上落了一层花瓣，而枝头只剩未开的花苞，不见花了。

这种玫瑰是大马士革品种，紫红色，花朵略小，枝节也短，和花店卖的玫瑰不同，香气却更浓郁。这些玫瑰是玫瑰山庄种植的，用来提炼精油，也添加在食品里。

玫瑰山庄离木舍很近，步行一刻钟就到。仲夏已至，玫瑰开花的旺季过去了，花田里见不到花朵，只有靠近村庄的地方能看见一些，零星地开在枝头，像盛宴之后留下的余羹。

一个月前这里却是另一番光景，还没走近花田，就闻到空气里高浓度的玫瑰花香。由着香气的引领，走进山庄，才发现已身处玫瑰花的海洋——到处都是盛开的红色花朵，层层叠叠，压在枝头上。

我是清早走到这里的，正是采摘玫瑰花的时间，几十位农妇从村庄走进花田，脚上套着长筒靴，头戴斗笠，胸前挂着袋子。农妇们应该是戴着手套的，我站在田埂上，隔得远，看不清。玫瑰枝上刺多，稍不留神就会被刺扎上，胀痛，戴上手套采摘会好一些。

花田里也有农夫，手里拿着更大的袋子。当他走到农妇身边时，农妇就把袋子从胸前解下，把花倒进他的大袋子里。大袋子很快就装满了，农夫背着它走到路边，放下，又换一个空的大袋子走进花田。

我走到装满花朵的袋子跟前，袋子里的玫瑰花都是刚开放的，花瓣上带着夜晚的露水，释放着汹涌的香艳。玫瑰花的香气再怎么浓烈，都不会令人难以忍受，让人想从这气味里逃开。它只会使人有种酩酊感，仿佛身体里注入了一股自己也不了解的能量，兴奋着，快乐着。

玫瑰山庄的一侧是村庄，住在村庄里的人，在玫瑰盛开的时节里，会不会比以往更容易感到幸福？当夜风将花朵初绽的香气送至他们枕边，是令他们睡得更为沉酣，还是令他们辗转难眠？

又有更多的农妇加入采摘的行列，年轻的、年老的，一边采摘，一边聊着家常。采摘玫瑰，对于她们来说是一种劳动，在我眼睛里是美丽的风景。我想起电影里的劳动场景，想起《苔丝》和《安娜·卡列尼娜》。这两部电影是我反复看也看不厌的，使我最入迷的画面，不是爱情，而是乡村大地上的劳动场景，是播种、采摘和收割的场景。劳动之美是最原始、古朴的美，也是最富诗意的美。

农妇们站成一排，从花田的一端走到另一端，在她们身后，花田的颜色暗下去了，花枝上已没有花朵，只有花苞。这些花苞到第二天就会变成花朵，它们是什么时候绽放的，谁也不知道。没有人能长时间盯着一枚花苞，看它一点一点发生着变化，仿佛花苞中间有什么在发酵，冲撞着花朵的内部，终于使花朵失去控制，一层层打开，将这鼓胀着的力量释放出来。

玫瑰花开的过程是缓慢的、秘密的，而落下却是瞬间的事。

有天早晨，我在厨房泡茶。茶泡好后，端到小饭厅的餐桌上，刚放下茶杯，餐桌中间，养在马克杯里的一朵玫瑰就落了，像一只松开的手，让手里握着的生命在刹那离他而去。

于无声中听惊雷。

我站在那里，几乎呆住了。这是我第一次看见玫瑰花在眼前落下，猝不及防，那么迅速，又那么决绝，不留一枚花瓣在花枝上的决绝。对玫瑰花来说，一天就是它的一生，孕育香气，绽放香气，然后在香气尚未消失前离开枝头，将枝头留给新的花朵。

我将落下的花瓣捡了几枚放进茶杯，剩下的，就让它们在餐桌上堆着。

从春天为木舍采下第一束花开始，我从不将落下来的花瓣及时清理掉，落在地上的就留在地上，落在桌上的就留在桌上。花瓣枯萎了，就将它们捡起来装进瓶子、碟子，或放进阳台的花盆里，让它们的气息仍然留在木舍，成为木舍的气息。

玫瑰落下之后花瓣仍然是香的，泡茶，加在食物里都很好，喝下它们的味道，也是对这些花瓣最好的置放——仿佛从此，它们可以成为身体里某种隐秘的存在。

梅雨季，艾草茶

今天第一次煮艾草茶。

艾草是端午第二天采来的。端午前一天，父亲问我可要艾草？父亲问这话时手里握着一把，三四根的样子，刚从街上买来的。我摇摇头说不要。

我知道什么地方有艾草，等有空可以去采。

本地人仍保留着端午插艾草的风俗。端午前两天，近郊的农人就去野外收割艾草，在家捆好，捆成一小束一小束，放到板车上，拖到街头去卖。

艾草买回来要插在窗子上，门头上也要插，说是避邪，其实是驱蚊蝇和虫子。

端午前后，草木旺盛，夏天的各种小虫子此时也活跃起来。它们喜欢人的气息，喜欢光。天一落黑就往人家里飞，趴在玻璃上，向屋里窥探，从缝隙钻进来，围着灯光扑扑乱舞。这也罢了，可恶的是蚊子和一种更小的蠓虫，不分白天夜晚，趁人不注意就空降下来，在人身上裸露的地方叮一口，又叮一口，留下奇痒难忍的小肿包。

古时候没有电蚊拍，对付蚊虫就只有依靠天然的植物。一物降一物，能降住蚊虫的就是那些含有挥发芳香油的植物，艾草是其中一种。

艾草插在门窗上，过两天，叶子就变成酱灰色，再过几天，秆子也变成酱灰色。有的人家，尤其是家里有产妇和小孩的人家，会把艾草取下来，折成小把，用香蒲草将它们捆扎，悬挂在屋梁上。

乡间有用艾水给新生儿洗澡的仪式。婴儿降生在这世上，剪断脐带，就要接受艾水的洗礼。接生婆用手捧着温热艾水，淋在婴儿身上，轻轻擦拭。相传，这澡洗得好了，会给婴儿消病祛灾。

产妇也要用艾草煎水熏身子，熏好后，再喝一碗加了红糖的艾叶茶。

艾草越陈越好，在屋梁上挂个两三年，也不会坏，虫子们是不会打它主意的，它们对艾草避之不及。

屋梁上挂着艾草，主妇就安心了，家中有孩子偶感风寒，取一把陈年的艾草下来，入水煎沸，给孩子熏澡，让孩子发一身汗，睡一觉也就好了。家里的大人若有个头痛脑热、腰酸背胀，取几枚艾草叶子，切半块姜进去，煎成茶汤，热乎乎喝入腹中，很快，筋骨就舒松了。

住在旧居的时候，端午当天，我也会去菜市场买一把艾草，放在窗台上。搬到木舍之后就不必买了，离木舍很近的村口就有艾草生长，起个早，拿把剪刀，提上篮子，去采就可以了。

艾草和蓬蒿极为近似，都是菊科，气味也差不多，很多人把它们当作同一种植物。但它们还是有区别的，艾草叶子背面的颜色近于灰白，而蓬蒿通体都是绿色。

蓬蒿也可以食用，清明时采它的嫩叶，捣碎，掺在糯米粉里，揉匀了，捏成小团，拍扁，加上各种馅料，做成清明粿。也有不加馅料的，做成团状，用一片箬竹叶子托着，绿盈盈，蒸熟了吃，江浙一带人叫它青团。

我将采来的艾草放在卧室窗台上，摊开晾在那里。艾草不要直接放在太阳下暴晒，晾干或风干最好。

艾草的味道很快就溢满了卧室，清凉的药香，略带新鲜的青草味，闭上眼睛，感觉自己深居于绿林幽谷中。

过了两天，卧室里又放进栀子花和玫瑰花。

不同气味的植物在一起，当它们的香气相遇时，会不会打架？我突然冒出这可笑的疑问。但很快这疑问就解开了，它们的香味既没有相互压抑，也没有企图篡改对方，像几个性格不相同的朋友围坐一室，各自安然。

过了端午，很快就是梅雨季。皖南的梅雨季很长，有一个多月的时间。这段时间天气极为任性，一霎儿雨一霎儿晴，时常太阳还当头照着，雨点就砸下来了，恶作剧般，把走在路上的人浇个透湿。

这几天我就被突如其来的雨淋了多次，虽没大碍，也有寒湿入侵的不适感，手脚冰凉。想起几天前采回来的艾草，不如煎碗艾草茶喝，祛祛湿气。

窗台上的艾草已变成酱灰白色，青草味褪淡，药香味重了。摘下几片叶子，洗净，在锅中加了一碗水，把艾叶放进去。木舍没有生姜，不然可以加进去同煮，祛寒湿的效果更好。

水开了，艾香味弥漫出来——几乎是滚滚而出。站在这熟悉的味道里，让艾香浸泡着，似又回到了很久以前，回到低矮又温暖的老房子里，回到被艾香护佑的乡村岁月。

熄灭灶火，将艾草茶倒入玻璃碗中。餐桌上有几枚玫瑰的落瓣，捡起来，放进艾草茶里。艾草舒展在茶汤里的样子很像树的形状，几片艾草错落地叠在一起，就是碗里的一小片秋树林子了。

厨房里有罐蜂蜜，伸进一支木勺，舀出半勺来，加在艾草茶里。艾草茶性温，味道却是苦的，加些蜂蜜，容易入口一些。

艾草茶喝下去，手脚很快就发热了，腹中暖融融，一层薄汗从额头上、鼻尖上渗出来。无论时代如何变迁，这古老香草给予身体的抚慰，依然如此妥帖，值得信赖，就像亲人的呵护。

梅雨季

黄昏被雨水压得很低
布谷鸟的叫声很低

你坐在低低的屋檐下
念出一朵花的名字

树梢上的叶子，突然亮起来

自给自足的树

前几日大雨，将红叶李树的果子打落得满地都是。

站在树下，看着绿草地上的红色落果，闻着空气中果子发酵时挥发的、类似果酒的香气，有种难以言说的愉悦。

和动物不一样，植物的叶子、果子腐烂时的味道都很好闻，仿佛含有乙醚，吸入后能致人产生微妙的迷醉感。

此时的草地就是一张大大的餐桌，最先来到这张餐桌上享用美食的是鸟雀，然后是蚂蚁，然后是我。

鸟儿们清早就来这草地用餐了，将果皮啄开，吃它已经变软的果肉，吃饱喝足，唱一阵子赞美歌，在树上你追我、我追你的玩一会，又飞走了。

蚂蚁们用餐的样子很是专注，两三只，结伴爬到这红得要流出血的果子上，从这头爬到那头，又回到这头，往返几次，终于找到果子的裂缝，一头扎进去。

那裂缝里有一口甜水井。

蚂蚁保持这姿势享受着美味，很久不抬头、不移动身体，吃得尽兴又忘我。

我则是另一种吃法——用眼睛吃、用嗅觉吃。

如果我是画家多好，拿一张画板坐在树下，从清晨画到黄昏，画一整天，静静地画出眼中所见，画完整的果子、有缺口的果子、裂开一半的果子、只剩下果皮的果子，将它们一一搬到我的画布上——画出果子的静谧、圆润，也画出果子的残缺、阴影。

果子是时间的谜底。而画布，就是魔术师手里的毯子，它隐藏了谜底，也揭开了谜底。

最后享用这草地美餐的是红叶李树。

李树也是能吃到李子的。

李树果子落在地上，被鸟雀、蚂蚁、不知名的昆虫，以及人类轮番食用之后，剩下的就慢慢潜入泥土，经历一番不为人知的奇妙旅程，又沿着李树的根须回到树上，回到枝条和叶脉，变成第二年的花朵、果子。

想起电影《云上的日子》里的一句台词，“樱桃树若能吃樱桃岂不快哉。你就像自给自足的树”。

樱桃树可以吃自己的果子，李树可以吃自己的果子，你也可以。

用自己结的果子喂养自己，自给自足地生活着，岂不快哉？

碰鼻子香与凋败之美

小区里的栀子花太多了，多到不知道怎么办才好，眼里见的、鼻子里闻的，全是栀子花。

汪曾祺说栀子花也叫“碰鼻子香”。

“碰鼻子香”，有这样给花取名的吗？真怀疑是汪老杜撰的。

汪老说：“栀子花粗粗大大，又香得掸都掸不开……”

不愧是“文狐”，这个“掸”字，太生动了。

岂止是掸呢，栀子花开得盛时，那香气简直就是一面墙，推都推不开。

今年栀子花开得最盛时刚好入梅，连着下了几天的雨。下雨天并不影响栀子花开花，但香气还是给压下去了一些，不像晴天那么嚣张了。

栀子花的花期有一个月。

一个月说短不短，说长也不长。有些花是能开上一季的，比如牵牛花、凤仙花、太阳花，就能开上整个夏天。

能开上一季的花不怎么香，至少不如开一个月的花那么香。不过也不全是这样，我这么说不过是刚好想到大马士革玫瑰，花期是一个月，还有兰、桂，花期也是一个月。它们都是很香的花。

茉莉也是很香的花，却能开上整个夏天。野姜花也是，能开足一个季节，香气毫不逊色于兰。

如此看来，花的香与不香，与花期长短并无多大关系。

不过花期过长，长到没完没了的花，确实是没有香气的。乡间就有一种叫“九姊妹”的花——也有人叫它“死不了”，能开大半年，不长大，也不凋谢，假花一样开着，一点香气也没有。

开那么长时间，又不香，说不上好看，也没什么用途，养它干什么呢？但还是有人养，养在窗前。它太好养活了，不用人去理会，就那么自顾自地开着、活着。大旱天，一个月不下雨，不给它浇水，它还是活着，也不管你是喜欢还是讨厌。

六月过半，栀子花已开至尾声，小区里的香气却丝毫不减。

栀子花就算是开败了，还在枝头立着，香气也像开了塞的酒，绵绵不绝地挥发着，只不过花瓣的颜色变了，不再是丰腴的白，而是略带焦枯的黄。

站在开败的栀子花前，想到一个词：“凋败之美”。

花朵盛开时的美犹如荷尔蒙旺盛的青春，是肉体芬芳的美。凋败之美则是灵魂的美，是经过风雨、时间侵蚀之后呈现的美。

不是所有的花都拥有凋败之美，人也一样。

拥有凋败之美的人，脱去了肉体这件鲜美外衣后，仍有撼人心魄的魅力。这魅力是岁月、衰老、疾病，甚至死亡，也奈何不了的，比如加拿大作家莱昂纳德·科恩、德国现代舞大师皮娜·鲍什。

在时光里慢慢变甜

早上下了一会细雨，近午时又出日光。

吃了几颗盘子里的李子，已经熟透。这些李子是半月前摘的，或者更久。

熟透的李子呈深紫色，撕开皮，果肉仍是胭脂红。熟透的李子有很好闻的果香。这香气也是熟透的——甜蜜已到达最高值，一刻也不能再耽搁的香。

当这香气冲破果皮，接下来就是萎缩、败坏了。

有几颗李子已开始萎缩，表皮生出皱褶和细小的斑点。那些斑点是李子的汁液吧，溢出后遇到空气，就变质了。这些李子已不能吃，可将它们拣出来，埋进花盆，做花肥。

熟透的李子果肉很软，入口也甜。刚摘下时的酸涩味一点也没有了。真是奇妙，果子摘下后仍在成长，不是长得更大，而是让内部的质地发生变化，坚硬变成柔软，生涩变成清甜。

剥开一颗熟透的李子，放在舌尖，听到一个声音在说：要有耐心啊，要善于等待，不是所有的果子摘下就可以吃，有些果子是要放一放的，给它时光，让它自己慢慢成熟，变甜。

桑叶

十字畈的村口有几棵小桑树，不知是谁栽下的，或许是自己长出来的。

这半个月来，隔三四天，我就会提着篮子去采一次桑叶。

雨水将桑叶洗得发亮，干净得让人想直接放到嘴里。但我采这些叶子并不为吃，而是用来洗头发。

用桑叶洗头发的记忆来自童年。

皖南乡间，有采桑叶洗头的风俗，到了农历六月六这天，母亲们会清早去桑园采回半篮叶子。嫩叶切碎，和鸡蛋一起煎饼，晚餐时端上桌，全家老小分而食之。老一些的叶子就在盛了温水的脸盆里搓揉，直到汁液把水染成绿色，这才把头发解开，放到水里去，浸泡、揉洗。

家人在这天都要用桑叶洗头，而平常的日子，是不能随便洗的。他们迷信地认为，洗过头发的脏水会流到“阴间”，家族中已去世的女性长辈就得把它喝下去。

也有弥补的法子，就是六月六洗头，并且要用桑叶洗，这样，“阴间”里的女性长辈就不必受罚，不用不停地喝子孙们的洗头水了。

这当然是迷信的说法。不过乡间人还是宁愿遵守这一古老的习俗，表示对先人的恭敬。

桑叶洗头会养头发，我很早就知道。十六七岁，开始关注自己容貌的年龄，暑假就经常去河边采桑叶，专挑那黄绿色的嫩叶，采摘下来后洗净，放进脸盆，加入温水，一遍遍地搓、挤，把叶子挤成碎末，再把头发泡在水里，反复地搓揉。

用桑叶洗过的头发乌黑油亮，手摸上去滑滑的，很舒服。

后来，不知是谁带的头，村里姑娘们开始用起了洗发精和护发素。记得是蜂花牌的，乳黄的颜色，有很香的气味，洗过之后头发也是香的，风一吹，头发飘起来，那香味就跟着飘起来。

慢慢地，再也没有人采桑叶洗头了，家里人洗头都用起了洗发精。在现代文明的狂澜面前，古老的传统和生活方式显得那么脆弱，不堪一击。

桑叶在初夏时长得最好，汁液也多，特别是刚采下时，叶柄会溢出大滴汁液，像眼泪，又像牛奶，白而黏稠，沾在手指上，也是黏糊糊的。

到了小暑的节气，桑叶就变老了，抓在手里有些扎手。

不止桑叶，别的树叶、草叶也是这样，盛暑的烈焰在空中滚上几天，它们就迅速变了模样，颜色变深，甚至过早凋萎。

变老了的桑叶也是很好的东西，尤其是初冬，降过霜后，大多数的叶子都落下来了，如果这时，桑树上还留着些叶子，就把它们采回家。

我奶奶以前就采冬天的桑叶，用它们泡茶，有时也会加些青豆和菊花进去，放小炭炉上煎，煎好了，再放一匙白糖，慢慢地喝着。

奶奶活了九十三岁，除了偶尔头痛脑热，几乎没有生过病，能自己穿针，缝补衣物，临终前的几分钟里还出了趟门，去菜园地里看她种的白菜秧子。

伏姜茶

姜是入伏第三天买来的。

超市里有两种姜，一种瘦小，标牌上写着“本地土姜”；一种胖大，应该不是土姜。

土姜名副其实的土——裹满了泥巴，像刚从地里挖出来，直接摆上了货架。胖大些的姜干干净净，表皮光滑饱满，一点泥巴的痕迹也没有，倒像是从树上结出的果子。

买哪种姜好呢？

很久没买过姜了，也没买过葱、蒜。姜和葱、蒜是厨房必备的调味料，尤其中国人的厨房，若没有这些，简直不合格。

但我在搬到木舍之前就没有过属于自己的厨房。两三件小厨具，凑合着摆在那里，用它们做一些没有油烟的食物，也有时很多天都不动它们。

做饭是很费时间的事，独自生活的人，若对饮食没有特别的要求，是不会将大把时间耗费在每日三餐上的。

我甚至很多年没有买过米和油、盐。也并非不食人间烟火，只不过是不在自己的居所食烟火，近十年，大多数的时间都在父亲那边就餐。父亲退休后，就整天待在厨房，忙活着全家人的伙食。在父亲的厨房里，可以找到日常用的所有调味料，姜和蒜瓣摆在碗厨一角，小瓷碟装着，从没空过。

人只有郑重其事地做饭时，才会把姜、蒜和其他调料准备得齐全吧。人也只有在为爱着的人做饭时，才会郑重其事，不厌其烦。

父亲自己吃饭是不讲究的，满桌子的菜，他还是捡剩菜吃。碰到我和哥嫂都不回去吃饭，他就不做菜了，将剩饭加水，煮成泡饭，或给自己下一碗阳春面，什么调料也不加。

买哪种姜好呢？

在本地土姜和胖姜之间转了两圈，最终还是在土姜面前停下，开始挑选。

我买姜不是拿它做厨房调味料，而是做伏姜茶。

以前没做过伏姜茶，也没听说过伏姜茶这种东西，本地也没人做过。

我是怎么知道伏姜茶的？不记得了，好像在哪里偶然见到这名字，起了好奇心，上网搜索，了解了制作方法和功效后，决定试一试。

伏姜茶的制作很简单，需要的东西有姜、红糖、干净无异味的玻璃瓶和一块干净的纱布。

将买来的姜洗净，晾干，切成碎丁，和红糖一起放进玻璃瓶，一层姜，一层红糖，直到把瓶装满，用纱布盖住瓶口，扎紧，拿到太阳下暴晒一整天。

看，是不是很简单，没有技术要求，没特别的讲究，谁都可以做。

也不是一点讲究都没有，比如姜，不能太湿——之所以选了土姜就是因为它表皮有皱纹，看起来干燥一点。

最需要讲究的是晒伏姜茶的日子。和晒酱板一样，得是烈日当空的三伏天。这样的日子，人是不敢出门的，连看一眼太阳光的勇气也没有，担心灼盲了眼，而伏姜茶就需要这样的毒日来晒。红糖在日头下很快融化成液体，碎姜末浸泡在其间，慢慢也变了颜色，由黄色转变成酱红色。

大自然没有坏天气。每一种日子，严寒或酷暑，暴雨或大雪，都有各自的美妙。我们人类聪明的祖先，很早就学会了应时而为，顺时而食。

伏姜茶晒一个伏天的日头就可以。晒好了，也不需低温储存，常温下放着，吃的时候舀一勺，用沸水冲开，当茶喝。

网上说伏姜茶可驱寒暖胃，适合体寒畏冷的人，尤其是女性饮用。而我就是这种体质，一年里大多数的时间手足冰凉，还没入冬就开始生冻疮，过完春天才好转。

伏姜茶四季都可以喝，早晨喝为好，晚间就不宜饮用了。到晚间，所有刺激性食物都不宜进食。人体到此时已进入收敛状态，像火膛退去柴火变得安静，而姜是生发之物，会让身体变成刚点着的火膛，不利健康。

年轻的时候，对“健康”两个字很是不屑，以为健康是最不需要关心的，觉得疾病和衰老都是很遥远的事，甚至比死亡更遥远。

所有的年轻人都这样吧，身体对他们来说，是可以随意挥霍的资本，不足为惜。

人只有面临失去什么的时候，才会意识到那东西有多么重要。这几年，因父母的衰老多病、周围一些熟人突发的变故，才使我意识到，健康对一个人有多么重要。

所谓健康，就是一个人身体的自由和尊严。

一个人能为自己做的最好的事，就是让自己拥有这样的自由和尊严，不轻易丧失。

这也是为爱着你的人，做的最好的事。

看荷

立秋后的第三天下了一场大雨。

午后雨停，想起前几日遇见的荷，坐不住了，换鞋，拿了相机，出门。

看荷宜在有露水的清晨、雨中、雨后，或落日余晖中进行。有月亮的夜晚看荷也好。我虽没看过，脑子里却有一幅夜月荷塘的画面，清晰又细腻，大约是被朱自清那篇有名的《荷塘月色》印下的。

雨中看荷是有过的，两年前的梅雨季，与红土去徽州区的呈坎，在一霎儿晴一霎儿雨的天气里看了大半天荷。雨点子下得密了，我们就躲进廊亭，在亭子里坐着看。雨点子小了、停了的时候，我们就绕着荷塘，慢悠悠地走。

在雨中看荷，也是在荷中看雨。

雨与荷相互成全。雨落在荷塘里，是落在最洁净的地方，也是落在了对雨水来说最温柔的地方。那些宽大的荷叶，仿佛是为了接住从天上落下来的雨水而仰面摊开，仿佛那些雨水是荷塘的孩子，要让雨水落下来时是快乐的，不要跌得那么碎，那么疼痛。

雨水落进荷叶的样子也确实像从远处奔来的孩子，迅速滑进荷叶中间，那一片浅浅的凹处，在那里滚动，与更多的雨水汇聚。

雨水接得多了，有小半盏了，荷叶就微微地倾斜，倾向一边，让雨水顺着荷叶边缘流淌下来，犹如一小股清泉。接住这清泉的，是低处的另一片荷叶。接住后，再弯下腰，放它们进入塘中。

整个过程，雨水都被荷叶小心呵护着，捧在怀里，轻轻放下。

雨中的荷花有着难以抑制的美和生气。因为雨水的缘故，花的颜色与分量也加重了。有一刻，将相机镜头拉近，对准一朵带着雨水的荷花时，蓦然想起“爱与哀愁”四个字，是年轻时喜欢过的一首歌名。

记得其中的一句歌词：“爱与哀愁对我来说像杯烈酒，美丽却难以承受。”

今年入夏也看过一次荷。午间，艳照当空，荷塘里的粉荷高低错落，正是花期最盛时。但在午间，荷花都收拢着花瓣，有种“卷帘深闭重门”的矜谨。

与牵牛花相同，荷花只在清凉的晨间盛开。不同的是，牵牛花只开一天，而荷花会开上两天：第一天，从晨间开到午前，太阳光变得强烈时合上花瓣；第二天早晨再次开花，到中午开始凋落，一枚一枚，缓慢又郑重地卸下花瓣，直至变成小莲蓬。

入夏时看到的荷与呈坎的荷一样，是观赏荷品种，花期长，花朵也多，重重叠叠的粉红，开不完似的，能从夏初开到秋尽。前几日遇见的荷则是藕塘里的荷，开白色花，花朵也少，半亩地的藕塘，只开着七八朵花。

我是早晨在张家埂的公路骑单车时，看见那片藕塘的。

入秋后，每天早晨都有雾。雾简化了世界，远处的山、田野、房屋，都隐在了雾的灰白中，而那片碧色藕塘与塘中白荷却凸现在那里，清新得像一首唐诗。

心里一动，将单车骑进岔道，向藕塘的方向而去。

到了藕塘也就到了一户人家的门口。这户人家的房子有些旧了，屋檐下有碎瓦，像刚被风吹下来的，木头门，关着，上了锁，人不知道去了哪里。门口一片场院，十几只鸡在场院里跑动，咯咯叫着，见我走近，叫得更厉害了，惊慌躲闪，向着屋后的竹林而去。

藕塘就在场院外。满塘深碧色的荷叶，荷叶中间有细细的水珠，晨雾凝结而成。没有风，水珠静静的，像荷叶捧着的一颗水钻。

离场院最近的荷花只有两朵，一朵全开，一朵半开。

蹲下来，开始拍摄荷花。

我很少拍摄荷花，尤其人多的地方。每次遇到荷花，只是看，没有打开相机拍摄的欲望。我宁愿拍摄那些细小的、无名的、貌不惊人的野草花，而不愿轻易地拍摄荷花。

拍荷花就像写散文，也容易，也难。

散文谁都可以写，但想写出独特之处，写出别人从没有写过的“异质感”，就太难了。太多的散文都是同质的，仿佛出自一人之手。荷花也是，谁都可以拍，拍出来也是相似的样子，想拍出别人从没拍过的感觉，不容易。除了天然的因素——光线、天气、地理环境这些种种，还关系到拍摄者的心境、心态，对荷的理解，以及拍摄时瞬间的灵感。

这个早晨是不一样的，晨雾还没有散去，天地空蒙，四野无人，唯有这乡间藕塘中几朵白荷与我在一起。这样的环境与心境，有可能拍摄出不一样的荷。

白荷并非全白，花瓣尖儿带着些粉红，不那么明显，却有着恰到好处的点染效果。花蕊的颜色也美——明艳的杏黄，蕊丝根根竖立，簇拥着黄绿色的莲蓬，像极了一种鲜奶油做出的点心。

那可能真是一道美味的奶油点心，因为此时，一只木蜂正将头埋在蕊丝里，尾部高抬，贪婪地饕餮。过会又飞起，绕着花朵飞了一圈，空中停伫片刻，又落下，钻进花蕊。

花瓣微微颤动，似忍不住一阵痒意。

这片藕塘在坡地之上。坡下是庄稼地、稻田，远处是起伏的群山。雾散去后，山与田野浮现出来，空旷又宁静，如出莫奈的画笔。

不知道这户人家是否也有这种感觉：每天早起打开门，看见的就是一帧风景画，且是随着天气、季节的变化，不停改变着色彩的。

真叫人羡慕啊，坐在自家门口，就能看到荷花在不同时间里的样子，尤其是夏天的夜晚，月光很亮的那几天，搬一张竹床在场院里坐着，只要不打瞌睡，可以一直看下去，看塘里的荷叶花影，再抬头看天上的月与云影。

下雨天也是。雨天不用下地，就在自家门口坐着，女人做着小手工，男人吸着烟、喝着茶，两个人也不用说话，只静静地听雨落在荷叶上的声音……我几乎能想象出住在这屋子里人的样子了，面孔是安详的，有微微的笑意，眉目间有着与荷花一样的静气。

但是直到我拍好了白荷，离开时，也没见到这户人家的主人。那群被我吓得钻进屋后竹林的鸡也没回到场院里。

走到马路上，才觉得那可能是一座没人住的空屋。

村子里有很多这样的空屋，原先住着的年轻人在城里买了房子，带孩子搬到城里住去了，留下老人在老屋里住着，看门。老人不在了，屋子也就空下来了。

美丽的稻穗

清晨醒来听到雨声，想着不能出门，可以多睡一会，翻个身，还是起来了。早晨这么好的时间，实在舍不得送给睡神。

这几天都在下雨。雨是挂在季节中间的河流。一个季节的离去，一个季节的到来，总是需要几场雨来过渡。

洗漱完毕，拉开窗帘，雨停了，把阳台上的湿衣服晾出去。进厨房，烧水，用热水冲一杯姜茶，喝两口，又听到雨点的声音，折返身，把晾出去的衣服收回来。

天色比之前暗了些，屋子里的光线更暗，仿佛不是清晨而是暮晚，看样子将有一场大雨。

人在屋子里，只要不停水停电，下再大的雨也没关系。居所对于一个人的意义就在于此吧。人世间，有一个属于你的屋檐，一处可以为你遮风避雨的地方，无论面临什么样的天气，什么处境，都不用担心。

这样的雨天，那些田野里的昆虫会躲在哪里呢？它们有自己的屋檐吗？一片树叶或草叶，能让它们安然地避开风雨吗？有些昆虫在地面生活的时间很短，比如豆娘，只能活上一周或十天。如果这雨下得过于漫长，就会影响到它们生命中最重要的时刻——生殖与繁衍。好在这雨也有停歇的时候，下一阵停一阵，两场雨中间也会有一时半刻的晴光。

雨下着的时候，这世界只有雨声，而当雨停下，蝉的声音、蛐蛐的声音、鸟雀的声音，就从四面钻了出来，告知同伴：我在这里呢，我在这里……简直有些迫不及待。

大雨点子砸下来了。不能出门，索性把屋子整理一下，给自己做一顿热乎乎的早餐。冰箱里有在村里买来的老南瓜，洗净，切成块入锅，放一碗水进去，慢慢烀着。这个时节的老南瓜是当令食物，炒着当菜吃，烀着当饭吃，或掺进米粉做南瓜饼，蒸熟了吃，都很好。

南瓜入锅就不用管了。手机打开，点出收藏的音乐，一边打扫房屋一边听。这几天都在听同一首歌，台湾卑南人民谣《美丽的稻穗》，不同的几个版本，轮着听，一遍一遍循环听。

我是几天前在马世芳的《听说》节目里知道这首歌的，才听起首两句，双肩就滚过一层凉风，皮肤骤然起栗。

听到好歌，身体瞬间的反应竟然与恐惧如此近似。

“今年是丰收的年份，家乡的水稻已经可以收割了，但愿能以丰收的歌声，报信给远方的弟兄。”马世芳用温和缓慢的语音说出歌词，接着又说出歌唱者的名字——台湾音乐人胡德夫。

胡德夫是卑南人的后裔，也是《美丽的稻穗》这首歌最早的传唱者。而教给他这首歌的人是他的父亲。卑南人是台湾的原住民，有自己民族的语言与习俗，善于歌舞，有很多世代传唱的古民谣。

胡德夫起初以为《美丽的稻穗》也是卑南人的古谣，在西餐厅唱、在咖啡厅唱，把它教给喜欢的同行，唱给更多人听。直到后来，胡德夫回到自己家乡，才得知这首歌并不是年代久远的古曲，而是20世纪50年代末，由一个名叫陆森宝的人创作的歌曲。

马世芳用他节制而动人的语调，在节目里诉说着《美丽的稻穗》诞生时发生的故事。那是个兵荒马乱的年代，国与国之间，民族与民族之间，地域与地域之间，像既相爱又相杀的人，时时迸发战火，企图俘获和占有对方。

陆森宝也是卑南人，经历了乱世烟火，时代起落，在晚年时远离喧嚣，回到自己的家乡。但是家乡并非世外桃源，部落里的年轻人都不在了，被征了兵，去往前线，留下老者、弱者，以及虽然丰收在望却无人收割的美丽稻田。

艺术品的诞生，始终与所处的时代是相关的，也与作者的文化血缘，或者说灵魂里隐藏的祖先息息相关。绘画如此，雕塑如此，文学、音乐也是如此。

《美丽的稻穗》的旋律是忧伤的，又是温暖的。卑南人的语言在汉人听来陌生而神秘，完全听不懂词意，但音乐本身就是一种共通的语言，它超越了民族，也超越了年代。

艺术的伟大就在这个地方，战争撕裂的一切，时间篡改的一切，唯有艺术能弥补和修复。

从马世芳的节目里得知《美丽的稻穗》这首歌后，我在网上搜出它所有的演唱版本，有七八个，大多是卑南歌手的演绎，也有汉族歌手的翻唱。有意思的是，汉人翻唱这首歌，就少了那种原始的、野生的，在风里吹沙里磨，日光底下晒着的味道。

这真是没办法的事，这意味着，不仅每个人的血液里住着自己的祖先，每个人的声音里也是住着自己祖先的。

不同的音质、情绪和节奏唱《美丽的稻穗》，给听者的感受也是不一样的。由温婉低缓的女声来唱，有点像摇篮曲。由沧桑中略带磁性的男声来唱，就像是游子思乡的长调。节奏快时又像节日上的舞曲，慢下来、沉下来时，像为逝者送行的安魂曲。

这首歌的几个版本里，我听得较多的是陈建年演唱的版本。

陈建年的音色并不特别，难得的是，他的声音完好地保存了大自然的质朴，仿佛从泥土中生长出来，像路边随处可见的野草、石头，没有修饰，没有异化，也没有强烈的情绪掺杂其中，但听着的时候，后脑勺会一阵阵的发凉，就像童年时离开家乡的孩子，又走在一条熟悉的回家路上。

陈建年所唱的《美丽的稻穗》，更像是一支“招魂曲”，而这可能正是陆森宝创作这首歌的本意。为自己的家乡“招魂”，为远离家乡的孩子“招魂”，为卑南人日渐式微的传统文化“招魂”。

陈建年也是台湾的原住民，是陆森宝的外孙，除了血缘关系，歌谣也是连接他们的精神脐带。有了这种连接，一个人数不过万人的少数民族，声音才不至于湮灭，世代传承的农耕习俗，才不至于被现代生活的浪潮击打得支离破碎，冲刷得无影无踪。

马世芳的《听说》是音乐类电台节目，已做了三年，算是一档老节目了，而我在不久前才开始听。

一听之下，有相逢恨晚的感觉。其实也不晚，以往的节目在网络上都可以搜到，包括马世芳的其他几档电台节目，只要想听，都可以找到。

马世芳是20世纪60年代末出生的，比我大几岁，算是同时代人。虽然他生活在台湾，我生活在大陆江南，听他做的音乐节目却没有丝毫隔阂，而是由来已久的亲切感，如同故人重逢。

一代人有一代人的成长环境，20世纪60年代出生的人，差不多都是听着收音机里的广播电台节目长大的，尤其生活在乡村，文化艺术给予的滋养，就来自挂于堂前柱子上的广播匣子。

十八岁那年，我参加了小城的一次歌唱比赛，拿了奖，这是我个人史上的一次突破——在舞台上发出自己的声音，并且得到了掌声与鼓励。更实质的奖励来自我父亲。他给我买了台双卡收录机。

从那时开始，我喜欢上了独处，待在自己房间里，开着收录机，听电台的音乐节目，白天听，晚上听，恨不得钻进电台里。最喜欢听的就是港台音乐广播，记得有个电台的名字叫“中广流行网”，内容是歌坛最火热的话题，对当时最新流行歌曲与歌手的推广。

那时还没有“脱口秀”这个词。其实，我所听的节目就是音乐脱口秀。当几十年后，再听马世芳的《听说》时，有一刻恍惚，仿佛又回到青春年代。那个听着电台中的流行音乐，听着主持人有趣的对话，就感觉世界很美好也很快乐的年代。

马世芳的《听说》是带有怀旧感的，这也是我听他节目感到亲切的原因。他的节目也适合下雨天听，半暗的光线，缓慢的时间，与世隔绝的雨声，听他播放的老歌也就有了妥帖的温度。

打开《听说》往期的节目栏时，在一长溜的目录里，最先点开的就是《美丽的稻穗》。

吸引我的是“稻穗”这两个字。这两个字就像一个亲人的名字，并且是与我朝夕相处的亲人。

入夏之后，我与稻穗确实是朝夕相处的，一天也没离开过。我长时间地蹲在它们中间，闻着它们散发的气味，拍摄它们生长的过程，也拍摄稻田里的小生灵——豆娘、蜘蛛、蜉蝣、瓢虫、蜻蜓，仿佛是它们的同类。

十年前住在太平湖边时，也做过同样的事。在夏日清晨，太阳起山之前，走到湖边的稻田去，观察寄居其间的昆虫，用微距拍摄下稻禾上的露珠、稻花和稻穗，在文档里写下对它们的观感。

“稻穗们正在灌浆，壳是半瘪的，像身体还没长开的少年。稻花的形状和颜色也酷似米粒，莹润透明，在风里微颤，让人禁不住疑惑，稻米可是长在稻壳外面的？稻花与稻穗在镜头里有一种精致的美，几乎不像是俗世生活里的物质……”

我把拍摄的图片与写下的文字放进博客，很快就有读者留言：吃了半辈子稻米，才知道原来它们也是会开花的。我也是在吃了三十多年稻米后才看见它的花穗。在这之前，尽管住在乡村，也读过“一畦春韭绿，十里稻花香”这样的诗句，却从没有见过稻花。

稻花开得太低了，又那么细碎，即便是盛开之时，也丝毫不惹人注目。

不知道稻子会开花，就像不知道自己父母也有过如花似玉的岁月，仿佛他们从来不曾年轻过，不曾有过情欲，从来就是现在衰老迟缓的样子。

其实，稻子不仅会开花，还会让雄蕊和雌蕊在风媒的引导下摇摆、碰撞、飞舞，在稻禾水浪一样的翻滚中完成授粉、灌浆，结出金黄饱满的稻穗。

人的肉眼是见不到稻花这一美妙情事的，不像豆娘的交尾，可以清晰地看见。不过对艺术家来说，这种看不见的存在更能激发想象，给艺术创作以灵感。

林怀民先生就把稻花授粉编成了极为性感的双人舞。“事实上，稻子从成长、交配到结出稻谷，这是和人的事情是一样的。”林先生说。

林怀民是台湾的舞蹈创作家，早期曾是作家，少年时就出版过小说。而他真正的兴趣是舞蹈。第一部小说获奖后，他拿奖学金做学费，去美国人创办的舞蹈学校里学习现代舞。大学毕业后留学美国，26岁时回台，创办了现代舞表演团体——云门舞集。

云门舞集是台湾第一个职业舞团，四十多年里创作了很多经典舞剧：《寒食》《九歌》《行草》《红楼梦》《白蛇传》《春之祭礼》……单从作品名字，就能看出编舞者对古代文学和民间传说的热衷。

2013年，云门舞集创办四十周年。林怀民先生为迎接这个周年庆，在两年前就开始创作他的第168号作品：《稻禾》。与以往创作不同的是，这是一部充满了自然律动的作品，是林先生从田间地头采集的大地诗篇。

“云门来自土地，稻禾是永远的乡愁。”林怀民先生言道。

《稻禾》的投影图像花了两年才拍摄完成。林先生在台东的池上县选择了一块稻田，请电影摄影家张浩然在田边蹲点，用镜头记录了稻田的生命周期——初秧、结穗、收割、焚田、春水重新灌满田地。在稻穗成熟时，年近七十的林先生带领舞者下到田间，与村民一起挥动镰刀，弯腰收割金黄的稻穗，体验收获的辛劳与喜悦。

《稻禾》的首场预演就在池上县的稻田里，以田野为舞台，以金黄稻浪和远处的青山为背景，在梯田上搭出两千个座位，让全村的人都来观看。

林先生说对《稻禾》最好的舞评来自一位大娘。演出结束后，大娘跑到后台一定要见他，拉着他的手说：“林老师，我从头到尾都看不懂，可是我从头到尾都感动得不得了，你看鸡皮疙瘩还在这儿。”

《稻禾》在池上县的首演日期是6月。这个月份在台东是多雨的，雨连着下了几天。神奇的是，在演出前的一刻，雨竟停了。

云层散开，太阳光照在已经成熟的稻田里，将稻穗镀上一层亮闪闪的金光。远处的山间，云雾洁白又轻盈，缓缓上升，在山顶盘桓，衬得蓝天更蓝，青山更青。在这样的天地之间，在光芒闪耀的万顷金黄面前，即便没有鼓乐与舞蹈，也足够使人内心汹涌，泫然欲泣。

我对林怀民和云门舞集的了解皆来自互联网。也是在互联网上，看到舞剧《稻禾》的片段。居住在远离都市的山乡村野，去剧场观看大型演出，去展览馆、博物馆欣赏艺术作品，甚至去电影院观影、去图书馆阅读，这些都是奢侈和不那么容易的事。

生活就是这样，所谓有得必有失。事实上，生在这个时代已足够幸运了。网络如此发达，即使居住乡野，远离繁华的都市，也丝毫不感到闭塞。

当都市人走进剧院，或从挂在墙上的艺术品中抽象地感受自然时，我则在清晨、傍晚，大雨前和雨后，走到湖边、山中，或者走到居所附近的田间地头，脚踩泥土，站在正在生长的植物中间，打开所有感官，去看，去听，去呼吸、触摸并品尝。

我听过风吹稻浪的声音，也品尝过不同时期的稻穗。刚灌浆时的稻穗香气浓郁，摘一粒，剥去尚且稚嫩的谷壳，露出一星乳白，软软的、水粉质的。放入口中，一缕清甜——细心捕捉才能感受的微妙清甜，被唾液迅速裹住，在舌尖漫漶，像一个来自梦境、面目不清又回味悠长的吻。

三四天后，再来这片稻田，面对同一株稻穗，会发觉已生得十分饱满，俯身垂首的样子，如同虔诚的祈祷。此时的谷壳已泛出微黄，变得坚硬，在齿间咬开，里面的米粒已然成型。

灌满谷壳的稻米，谜一样的稻米，是稻禾之髓，也是阳光与季风在泥土里提取的自然精华。

“池上是台湾最有名的稻米之乡，去那里的时候，你看到几百公顷的稻浪一直翻滚。池上的农民爱他的稻子,没有一根电线杆站在田里。”林怀民坐在那里，一句一顿地说出这句话。

在他身后，是舞剧《稻禾》的背景画面：稻浪涌动，如同绿色的海水，风在其间推波助澜，阳光投射在稻穗上，云朵的影子也投射在稻穗上，明与暗相互交叠，激烈地起伏，旋舞不止。

看不见的战争

阳台上有四株晚饭花。

写下这句，又有些不确定，去阳台数了一下，是五株。

五株晚饭花，分种在四只花盆里，瘦而高。

其实也不算高，因为瘦，少分枝，才显出高来。

晚饭花是春天从楼下园子里移栽到阳台的。同时移栽的还有牵牛花。

牵牛花不在阳台。阳台没有供它们攀缘的栏杆。牵牛花在卧室窗台上，也养在花盆里。

这两种花是去年秋天在乡间收的花种。

每年秋天我都会收一些花种。也不刻意，在乡间闲走时，遇见了，就采集一些，晒干，用纸包上，放进抽屉。

放进抽屉的种子，有些隔了两三年还在那里——被我遗忘了，忘记在春天的时候拿出来，种进泥土。

被遗忘的种子就像被遗忘的心愿。等想起时，已时过境迁。

当然，也有牢牢记住的，不时地提醒自己：要记得啊，到春天就把种子种到土里去。

住在城里，没有属于自己的土地，能种花的地方也就是阳台的几只花盆。

在旧居时，我的阳台就种过晚饭花和牵牛花。它们太好养，除了浇水，不用多花费心思。

好养的花都具有草的野生性，是未被人完全驯化的植物。完全驯化的植物，离开人的照料，离开特定的环境，很难成活。

教科书上说，“动植物的驯化，是过去一万三千年以来的人类历史中最重大的进展。”在驯化这些动植物之前，人类，或者说智人，住在洞穴里，过着在山野采集和狩猎的生活。

在人类尚未掌握驯化这种本领之前，所有的植物和动物都以自己的习性，在大自然中生长繁殖。当人感到饥饿时，就去采集、猎取，所取的量不会超过所需，这就是人类在原始社会的生活。它结束于智人终于学会了驯化——选择一些动物和植物，去除它们的野性，种植和饲养它们，把它们变为私有。

木舍的楼下就有个园子。春天的时候，我将花种沿着园子的木栅栏种下去。

这是我在木舍度过的第一个春天。梦想、希望、期待，这些带着光环的、久违的词又向我走来，仿佛生活又一次重新开始，当然不会忘记把收来的花种按时种下。

花种里还有太阳花、鸡冠花、百日菊、凤仙花，都是不择水土、野性未泯的乡间草花。

花种入土后，隔几天就去看看。虽不像歌曲里唱的“朝朝频顾惜，夜夜不相忘”，也是时常挂念着。

人就是这样，种下什么，就会牵挂什么。你会把自己当成所种之物的主人，担心它们不能发芽，担心有别的东西来伤害和毁坏。

你甚至不能让自己长时间的离开居所，因为你种下的东西需要你照顾，即使它们已经很好养活。

学会驯化动物和植物的人类，就是因此而结束了候鸟一样自由迁徙的生活，开始在自己所种之物的附近筑屋定居。当人们有了房屋、庄稼、土地之后，就不能再从它们身边走开了，成为它们的拥有者，也为它们所奴役，为之付出汗水，为保护它们不被掠夺而去战争。

种子发芽的时间比预计要迟缓得多，在我几乎要失望的时候，它们才将幼苗拱出地面。此时已是暮春，离播种的时间已过去两个月了。

幼苗出土后，最令我担心的是小区里的两只小狗崽。它们太活泼了，总是在相互追逐，对什么都好奇，用爪子刨、用嘴巴咬，简直就是两个充满破坏欲的顽童。

也担心鸟雀。园子里有很多麻雀和不知名的鸟儿，一会儿在树上，一会儿在草地，游戏、觅食、捕捉昆虫，也吃地上可口多汁的嫩叶。

担心是没有用的，我不能时时看守在幼苗边上，于是就想出一个办法：买几只花盆，移栽一些幼苗到屋里去。

就算不能保护所有的幼苗，这移栽的几株总是能够保护的，不时给予照顾。

移栽到阳台花盆里的竟然都是晚饭花，这是幼苗长大后才发现的。而楼下园子里，那凭着自己的力量和运气，长大并且开花的，只有百日菊和牵牛花，沿着木栅栏，开出一道花篱笆。

暮春的时候，我是见过太阳花幼苗的，也见过鸡冠花的幼苗，晚饭花的幼苗更多。后来渐渐就不见了，不知道是做了鸟雀们的美食，还是被比它们生命力更强的植物给“打败”了。

很有可能是被“打败”了。

植物和动物一样，也会有战争。只不过这战争是看不见的，悄无声息，不像动物——包括人类的战争那样，充满暴力，硝烟弥漫。

植物的战争也是为了争夺地盘，争夺生存和繁衍的机会，尤其在阳光、水源缺少的时候，有限的资源被更为强壮的植物攫取，生命力弱的植物就会停止生长，转而夭折。

生命力强的植物都是根茎发达的，耐旱也耐水湿。今年的天气有些反常，入夏多雨，之后是长达二十多天的高温干旱，到秋天，又是接连不断的雨水，很多庄稼长着长着就蔫掉了，没有收成。

由此看来，在我种下的这几种花里，生命力最强，或者说野生性最强的，是百日菊和牵牛花。

那几株晚饭花，如果没有被移栽到阳台，继续在园子里生长，很可能也被“打败”了，和它们的同伴一样，长着长着就消失了。由于花盆太小，限制了晚饭花根茎的生长，不能像在开阔地里长得那样自在，生出更繁茂的枝叶，但它们毕竟存活下来，该开花的时候开花，该结子的时候结子。如今，在我阳台的地面上，到处都滚落着晚饭花黑黑的、小地雷样的种子。

一株草顶一颗露珠

一株草顶一颗露珠。有两天，心里老想着这句话。

不记得是在谁的文章里读到的，文章的内容也忘记了，只记住了这句话。

一株草顶一颗露珠。说得真好，简单又深刻。只有在乡间生活过的人，才说得出这样的话来。

可不是嘛，一株草顶一颗露珠，不会多，也不会少。

临近秋分，皖南的早晚凉下来了。一场一场的秋雨，像鞭子，赶着秋天往深处走。

田里的稻穗金黄，稻叶子也金黄，是收割的时候了。可是还不能割，还得再等等。天不晴，稻子就得留在田里，不能急着割。

割稻子要在晴天。早晨起来，去外面，在草地上看看。草上顶着露珠，闪闪发光，稻子就能割了。

草上没见着露珠，便是阴天。

农人们也并不着急。种了大半辈子庄稼，什么样的日子都经历过，也就不急不慌了。

天总要晴的，不会一直把雨落下去。稻子在田里，就像胎儿在女人肚子里，多养个几天吧，没关系。

就算这雨果真落个没完，急也没用。种庄稼的人，就是靠天吃饭的人。天不给你饭吃，你急也没有用。

但天不会那样的。“天无绝人之路”，农民辛辛苦苦种稻子，从春到秋，该收获时，老天不会不讲理。

怎么忍心呢，让农民在饥荒中入冬，让稻谷烂在田里。

秋分，桂花开了。

空气中到处都是桂花香，每呼吸一口，就像饮进一口浓郁的秋。

到了秋分，秋天就无可置疑了。

看啊，外面，那路边，草地上不是有露珠吗。一株草顶一颗露珠，像顶着小小的王冠，那么骄傲、闪亮。

因为这露珠，再纤细的草也变得尊贵、不凡。

“一株草顶一颗露珠，一瓣花分一片阳光”，想起来了，这是诗人写下的句子。

诗人的名字叫周梦蝶。

一个瘦得只剩下灵魂的诗人。一个在马路边守着少有人光顾的书摊，苦吟一生的诗人。

一株草顶着一颗露珠。诗人就是那株草，而诗就是滋润他，让他像王冠一样顶在头顶的露珠。

在桂花香的拥簇中走向田野。稻子已熟得承受不了自己的重量。

天晴了。

后记

气味

夜半，从一个梦转场另一个梦的间隙里，闻见一股气味，干净、冷冽，像一个内敛而有洁癖的人身体散发的味道。

这气味于我并不陌生，是以前闻过的，只不过久违了。

对气味和声音，我特别的敏感，有着如羊毫般纤细的分辨力。我是通过气味和声音来认识事物、人，并记住他们的。如果有一天我丧失了嗅觉与听觉，就是丧失了记忆，即便还能看见，也不能帮助我认出什么了。

这气味究竟来于何处呢？我知道自己是睡着的，莫非这气味是从之前的梦境溢出，是我从那个梦里裹挟出来的？

但这气味太清晰了，似乎就在枕边，一伸手就可以触摸到。

闭着眼睛，深呼吸，沿着记忆的路径往回走，仔细辨别。

终于想起来了，那在两个梦的间隙里闻见的气味，是从书里散发的新鲜油墨香。

书是昨天买来的，李时珍的《本草纲目》，线装版，藏红色封面，颇有些厚度。很多年没有在睡前带一本书到床上阅读了，这也是我对这气味既熟悉又陌生的原因。

我的记忆正在衰退，这在几年前就开始了。衰退的速度就像从山顶滚下的雪球，起初很小，也很缓慢，之后越来越快，越来越快。

如今我在早晨醒来时已记不起临睡前看过的电影，也记不起日期，经常把昨天和前天混淆。每天要花费很多时间寻找眼镜、手机，但并不着急，我没去过别处，它们肯定在屋子里，只不过躲起来跟我捉迷藏。我也记不住自己买过什么书，买来后摆在一边，很快就忘了。去超市购物前要打开手机备忘录，把需要的东西一样样写下来，但有时，连写备忘录这件事也会忘记。

记忆的衰退也是一种断舍离吧。到了某个时候，岁月就会在一个人身上秘密做着手脚，删减这，删减那，删减了那些没有用还占着大脑内存的，当然也避免不了误删一些有用的、珍贵的记忆。这难免让人沮丧，甚至惶恐。但这样的事经常发生之后，反倒安然。删了就删了吧，反正到最后，无论愿不愿意，都得删除。

一棵树落完所有树叶，需要整个秋天。人也是这样，记忆就是一个人身上的叶子，一点一点生长、繁茂，又一点一点枯萎、落下，直到清零。

我曾试图用写作记住那正在丧失的，但事实上，写作是对记忆的偷梁换柱，是抹去记忆。让一个人遗忘的最好方式就是写作。你写下什么，就放下什么；你放下什么，就忘记什么。无论那是珍贵的，还是令你痛苦的。

写作有益的地方，是能让一个人平静地度过生命里的光阴之虚——那些不可避免的如黑森林般的幽暗，那随时让人失去平衡的枯枝陷阱。

也不是所有的写作都导致更迅速地遗忘，比如我正在书写的自然——生长在其间的草木生灵。它们都是我的旧相识，也是现在时常相见的邻居。通过书写，我再一次、更深刻地认识它们，吸纳它们的气息，把自己交给它们。

我们最终都将把自己交还给自然，交还给那些喂养过我们身体与灵魂的草木。

当记忆无法阻止它的丧失时，我需要更缓慢、更简单地生活。这样，才有更多的时间去认识那些草木生灵。与它们在一起，用书写的方式呼吸它们，留住它们的气味，也留住我在这世上走过的痕迹。